BITNA, SOUS LE CIEL DE SÉOUL

Né à Nice en 1940, Jean-Marie Gustave Le Clézio écrit depuis l'âge de huit ans. Éternel nomade, il puise son inspiration dans ses pérégrinations (notamment au Mexique et en Corée) et son histoire familiale. Auteur d'une cinquantaine de romans, essais et livres de jeunesse, il a obtenu de nombreux prix littéraires, dont le prix Renaudot en 1963, le prix Paul-Morand de l'Académie française en 1980 et surtout le prix Nobel de littérature en 2008. Il met également sa plume au service de grandes causes, comme la défense des peuples opprimés, l'environnement ou encore le combat pour les libertés fondamentales.

J. M. G. LE CLÉZIO

Bitna, sous le ciel de Séoul

STOCK

ISBN : 978-2-253-25943-5 – 1re publication LGF

On se retrouvera un jour ou l'autre
sous le ciel de Séoul.

(dicton séoulite)

Je m'appelle Bitna. J'ai bientôt dix-huit ans. Je ne peux pas mentir car j'ai les yeux clairs, et ça se verrait tout de suite dans mes yeux. Mes cheveux aussi sont clairs, il y a des gens qui pensent qu'ils sont décolorés à l'eau oxygénée, mais c'est comme ça que je suis née, avec des cheveux couleur de maïs, parce que ma grand-mère a souffert de carences après la guerre et ma mère aussi. Je suis née au sud, dans la province de Jeolla-do, dans une famille de marchands de poissons. Mes parents ne sont pas riches, mais ils ont voulu, quand j'ai terminé mes études secondaires, me donner la meilleure éducation, et pour cela ils ont cherché une université du ciel (Sky University) et fait un emprunt. Pour le logement, je n'ai pas eu de problèmes au début, car ma tante (la sœur aînée de mon père) acceptait de me loger dans son minuscule appartement du quartier Yongse, juste à côté de l'université, où je partageais une chambre avec sa fille, nommée Paek Hwa, qui en vérité portait bien mal son nom de fleur immaculée. Je donne ces détails parce que c'est cette situation et ce voisinage qui ont été à l'origine de mes aventures ultérieures, et ont parfait mon éducation aussi bien que les leçons de mes professeurs, car dans cette petite chambre j'ai découvert ce que la personne peut celer de méchanceté, de jalousie, de lâcheté et de paresse.

Paek Hwa avait quelques années de moins que moi, et je compris très vite que j'avais été invitée à vivre dans ce logis afin de m'occuper d'elle. Au début, c'était de simples requêtes, « Bitna, toi qui es raisonnable, est-ce que tu ne pourrais pas t'occuper de ta cousine pour qu'elle fasse ses devoirs (ou range la chambre, ou aide au ménage, ou fasse ses prières, ou lave ses sous-vêtements, etc.) » et, petit à petit, les suggestions étaient devenues des recommandations plus impérieuses (« enfin, tu sais bien que tu dois donner l'exemple ») et à la fin purement des ordres : « Bitna ! Qu'est-ce qu'on t'a dit ? Va chercher ta cousine, et prépare-lui son déjeuner ! »

Cette situation devint rapidement intolérable. Paek Hwa n'en faisait qu'à sa tête. À quatorze ans, la seule chose qui l'intéressait c'était sa propre personne, elle passait des heures à se regarder dans un petit miroir loupe pour s'attaquer à ses imperfections de peau, des rougeurs, des boutons, qu'elle pressait à l'aide de cotons-tiges pour en extraire le pus, et ensuite soigner les plaies avec des mouchoirs alcoolisés, puis cacher les cicatrices sous une couche de crème anticernes, puis de fond de teint. Elle était vraiment devenue experte dans la médecine cosmétique !

C'était une bataille de chaque instant, de longues palabres pour lui dire ce qu'il faut faire, puis ça se terminait invariablement par des cris et des pleurs, ou bien des accès de colère, quand Paek Hwa lançait sur ma tête tout ce qu'elle trouvait, et quelquefois par la fenêtre, des assiettes, des verres, ou même des couteaux, et je n'osais pas regarder en dessous s'il y avait des morts. Ensuite je devais essuyer les dégâts, et aussi les reproches de ma tante, « Tu es une ingrate, avec tout ce qu'on fait pour toi, tout ce qu'on fait pour t'aider dans la vie, si je n'étais pas là tu serais une mendiante dans la rue, ou bien tu n'as qu'à retourner auprès de tes pêcheurs, là-bas, au Jeolla-do, à écailler et vider les poissons sur le marché ». Qu'est-ce que je pouvais répondre à ça ?

C'est à cette époque que j'ai commencé à voyager dans la ville. Les cours à l'université n'occupaient qu'une partie de mon temps. J'utilisais l'autre à marcher dans les rues, ou à entreprendre de longs trajets en bus et en métro. Au début, je voyageais dans les rues pour oublier les problèmes familiaux, la saleté de la chambre que je partageais avec ma cousine et les reproches incessants de ma tante. Dès que je quittais l'appartement, en claquant la porte de métal, descendant les marches abruptes qui menaient à la rue, je me sentais libérée d'un poids, je respirais plus librement, j'avais de l'énergie dans les jambes et je souriais.

La rue, c'était mon aventure. Dans ma petite ville de la province de Jeolla-do, il ne se passe pas grand-chose. Le centre, c'était juste une ou deux rues, avec quelques boutiques, principalement des magasins de nourriture, et quelques restaurants, toute vie s'arrêtait à cinq heures du soir et la plus grande activité avait lieu tôt le matin, quand les tracteurs tiraient les charrettes remplies de choux et d'oignons. Nous vivions au rythme des fêtes, trois fois par an, la fête de Chuseok, le nouvel an et la fête des ancêtres, quand on s'occupe des tombeaux. Quand je suis arrivée à Séoul, il m'a semblé atteindre un nouveau monde. Les quartiers sont entourés de larges avenues sur lesquelles roule une mer d'autos et d'autobus, partant dans toutes les directions. Sur les trottoirs la foule est si compacte que j'ai dû apprendre à marcher sans cogner les gens qui viennent en sens inverse, ce qui veut dire, étant donné mon gabarit (je mesure 1,56 mètre et je pèse 43 kilos), que je devais faire des bonds pour les esquiver et parfois descendre du trottoir. Au début, j'ai accompagné ma tante dans ses courses, et ma cousine. Elles avaient une assurance qui m'impressionnait. Elles ne descendaient jamais du trottoir, mais, au contraire, se serraient l'une contre l'autre pour faire bloc et avançaient sans regarder sur les côtés. C'était la technique du char d'assaut ! Moi je restais prudemment en arrière, dans leur sillage. Je regardais chaque personne dans les yeux, ce qui ne se fait pas. Même, au commencement, je saluais les piétons dans la rue, surtout les personnes âgées, jusqu'à ce que ma tante me gronde : « Bitna, pourquoi tu souris à tout le monde ? Tu veux qu'on te prenne pour une handicapée ? » Paek Hwa se moquait de moi : « C'est une rurale, elle ne connaît pas la ville ! »

C'est durant cette première année que j'ai pris l'habitude de regarder les gens sans qu'ils s'en doutent. Ce n'est pas toujours facile. Il faut que tu trouves un bon poste d'observation, pas trop loin, mais pas trop près non plus. Dans le métro, il y a le reflet dans les glaces, mais ce n'est pas toujours très net, et de plus, les gens te repèrent assez vite parce qu'ils se tournent vers les glaces et ils rencontrent ton reflet. Les autobus sont mieux, parce que c'est à la lumière du jour et que tu peux faire tes observations à travers les vitres. Soit les gens sont dans les voitures, et là tu les domines parce que le bus est plus haut, soit, lorsque le bus s'arrête ou avance lentement le long du trottoir, tu as le temps de bien les voir, et d'imaginer toutes sortes de choses à leur sujet. D'où ils viennent, ce qu'ils font dans la vie, leurs soucis, leurs problèmes sentimentaux, leurs difficultés d'argent, ou bien ce qu'ils ont vécu autrefois, leurs souvenirs, leurs familles, leurs tristesses.

Alors j'avais un petit carnet, et je notais tout ce que je voyais, avec une description rapide des personnes :

Une dame de cinquante ans environ. Habillée dans un manteau noir un peu usé, des chaussures basses, elle porte un sac à main en imitation cuir avec deux boucles dorées, elle a les cheveux gris, frisés, des rides autour de la bouche. Elle vit à Gangnam, dans un immeuble, elle est divorcée, elle a un tout petit appartement, elle voudrait bien avoir un chien, mais c'est interdit par le règlement. Elle s'appelle Mme Nah Mi Sook. Elle a travaillé toute sa vie dans une banque, derrière une vitre, elle comptait les billets, elle effectuait les virements. Elle a démissionné avant d'avoir atteint l'âge de la retraite.

Elle a même songé à se suicider, mais elle n'en a pas eu le courage.

Quand le bus a démarré, elle a rencontré mon regard, elle a eu l'air surprise, elle a détourné les yeux, puis un instant après, le bus avançait lentement, je me suis retournée, et elle m'a souri.

Une jeune femme, seule au bord du trottoir, il n'y a pas d'arrêt de bus, elle a l'air d'attendre quelqu'un, son ami vient la chercher en voiture, il est déjà très en retard, elle a une ride impatiente entre les sourcils. Elle pense qu'elle devrait s'en aller, mais ses pieds restent rivés au sol, elle ne peut pas bouger, c'est comme dans un mauvais rêve… Je voudrais l'appeler Mlle Koh Eun-Jee, je trouve que ce nom lui va bien. Peut-être demain si je prends le même bus, le numéro 660, elle sera encore là au même endroit. Son ami a décidé de rompre, il ne répond plus au téléphone, et elle n'ose pas aller chez lui, parce qu'il est marié.

Une vieille femme, elle doit venir du sud, je reconnais son visage noirci par le soleil, son dos est cassé par le travail dans les champs, elle est venue ici pour accompagner sa fille et sa petite-fille à l'hôpital, elle a peur d'arriver en retard au rendez-vous, elle se précipite vers le bus, puis elle se recule, ses yeux sont tout petits, elle a des rides en patte-d'oie sur les joues, un grain de beauté sur l'arête du nez. Sa fille s'appelle Youn Jin, elle est mariée depuis trois ans avec un contrôleur, et sa petite-fille s'appelle Yunja, elle a choisi un nom qui ressemble au sien, bien que ça ne se fasse normalement qu'entre sœurs, elle a aussi un nom chrétien, Maria, parce que le contrôleur est chrétien.

Je note les noms, les lieux, comme si je devais revoir ces personnes, mais je sais bien que je ne les reverrai jamais, la ville est si grande, on pourrait marcher un million de jours sans rencontrer deux fois la même personne, même si le proverbe dit : *On se reverra un jour ou l'autre sous le ciel de Séoul.*

Ensuite j'ai trouvé le meilleur endroit pour observer les gens. C'est dans la grande librairie à Jongno, lorsque je finis les cours, je prends le métro pour aller dans le sous-sol où sont tous les livres. Pour moi c'était incroyable, avoir accès à tous ces livres, parce que chez nous au Jeolla-do, il n'y avait pas d'argent pour en acheter, je n'avais que ceux de l'école qui étaient très usés, salis, graisseux, avec des pages gribouillées par les générations d'écoliers qui les avaient eus entre les mains. Alors quand j'ai découvert ce monde, je ne pouvais plus m'en passer. Chaque jour, en sortant des cours, j'allais à la librairie, et je m'installais dans un coin pour regarder les livres et les gens. J'ai tout de suite aimé le rayon des livres étrangers. Je prenais les volumes au hasard dans les rayons, et je commençais à les lire. J'ai lu les romans de Dickens, il y en a un que j'aimais beaucoup, *Le Grillon du foyer*. Je commençais à lire, et tout disparaissait autour de moi, j'écoutais la musique de la grande marmite sur le feu, et la chanson du grillon qui sifflait dans la cendre, quelque part, sans qu'on le voie, et j'imaginais que j'étais dans cette grande chambre près du feu, et que j'écoutais la voix de Charles Dickens en train de me raconter cette histoire, pour moi seule, dans la langue anglaise. Ou bien c'étaient les romans de Mazo de la Roche, *La Naissance de Jalna*, ou encore Margaret Mitchell, *Autant en emporte le vent*, et plus tard j'ai trouvé la collection des contes d'Edgar Allan Poe, je lisais *Le Chat noir*, *Le Portrait ovale*, les mots m'envoûtaient, j'oubliais l'heure. Je lisais aussi les livres en français, car depuis deux ans j'avais décidé d'apprendre cette langue, si douce et musicale. Il y avait seulement quelques recueils, entre autres les poésies de Jacques Prévert que j'aimais beaucoup.

Parfois, un jeune homme venait, il s'installait à côté de moi, il me regardait lire, et son regard était tellement insistant que je devais quitter le livre des yeux. « Excusez-moi, disait-il, mais le magasin doit fermer dans cinq minutes. » J'étais troublée, je rougissais, j'essayais de trouver une raison : « Je n'arrive pas à décider quel livre je vais acheter, je suis désolée. » Lui inclinait la tête poliment, comme si ça n'avait pas d'importance. « Non, non, vous n'avez pas besoin de décider tout de suite, vous pouvez revenir demain. » Il n'était pas très grand, il avait de jolis yeux noirs en amande, et le nez fin, j'ai pensé que je pourrais l'inclure lui aussi, un jour, dans mes personnages favoris. J'ai inventé tout de suite son nom, je l'ai appelé M. Pak.

C'est dans la librairie que j'ai vraiment commencé à observer les gens. Le bus, le métro ou les trottoirs des rues n'étaient pas de bons endroits, parce que les gens bougeaient trop, marchaient vite, s'en allaient en courant. Ou bien, au contraire, ils s'arrêtaient et c'était moi qui devenais l'objet de l'observation, la chose la plus terrible qui pouvait m'arriver, parce qu'en réalité ce que je voulais, c'était rester invisible, voir sans être vue.

Un jour, pourtant, quelque chose a changé dans ma vie. Comme je venais de remettre un livre dans les rayons, après l'avoir parcouru, M. Pak est venu me parler.

« Venez, m'a-t-il dit. J'ai quelque chose à vous montrer. »

Je ne savais pas ce qu'il voulait, mais je l'ai suivi docilement. Peut-être que j'ai imaginé un instant qu'il allait me proposer de travailler dans la librairie, et c'était mon rêve, parce que j'aime beaucoup lire, et que j'avais beaucoup besoin d'argent. Ma tante n'arrêtait pas de me dire, pour un oui pour un non, « Tu nous coûtes très cher, il va falloir trouver une solution pour payer tes études, ton logement ». Ma cousine le savait et elle était encore plus horrible, elle faisait exprès de tout déranger dans la chambre, pour le plaisir de me voir ranger après elle.

M. Pak a ouvert le tiroir de son bureau, et il m'a tendu une lettre. C'était écrit à la machine, et cela disait exactement ceci :

Je m'appelle Kim Se-Ri, mais je préfère Salomé, je ne peux plus sortir de chez moi à cause de la maladie. J'attends celui, celle qui viendra me raconter le monde, j'aime beaucoup les histoires. Ceci est une annonce sérieuse, en échange de vos histoires je vous donnerai un bon salaire.

Suivait un numéro de téléphone.

M. Pak m'a tendu la lettre et machinalement je l'ai prise, je l'ai pliée et je l'ai mise dans mon sac avec mes livres et mes cahiers de cours d'anglais. Je n'y ai plus pensé pendant quelques jours, et puis j'ai retrouvé la lettre, j'ai décroché le téléphone et j'ai appelé Salomé.

Première histoire contée à Salomé, avril 2016

Au printemps, quand les bourgeons commencent à sortir et que souffle le vent de l'envie des fleurs, M. Cho Han-Soo sort les cages de ses pigeons sur le toit de l'immeuble. M. Cho a le droit de le faire parce qu'il est le concierge, et qu'il est le seul à avoir la clef qui donne accès au toit. L'immeuble, c'est un grand bâtiment des années 80, un élément de l'ensemble qu'on appelle, je ne sais pas pourquoi, peut-être parce qu'il est si loin de tout espoir de fortune ou de bonheur, *Good Luck !* (tel quel, en anglais, avec le point d'exclamation). Il est sans aucun style, avec des milliers de fenêtres identiques, des centaines de petits balcons où les locataires suspendent leur linge pour le faire sécher au soleil pâle qui passe à travers les panneaux vitrés. L'immeuble de M. Cho porte un numéro, le 19, peint en noir sur le mur aveugle. Il porte le numéro 19 parce qu'il y en a dix-huit autres tous semblables, le 19 est le meilleur, au sommet de la colline au-dessus de Yongsan.

Quand il est sur le toit, au vingtième étage, M. Cho regarde la ville autour de lui, les grandes barres de ciment qui émergent de la brume. Au printemps, le soleil est déjà chaud, et dans leurs cages les pigeons sont excités par le vent tiède, par les odeurs qui montent de toutes les branches des pins alentour. Ils roucoulent et se bousculent dans les cages, ils tendent le cou pour essayer de voir au-dehors, ils oublient le quadrillage du grillage cloué sur les côtés des cages. Il y a des gens qui disent : « Les pigeons, ce sont les animaux les plus bêtes de la nature ! » Pour appuyer leur dire, ils parlent de ces oiseaux qui essaient de s'échapper en passant par un trou si petit que seule la moitié de leur bec y trouve sa place. « Avez-vous vu la taille de leur cerveau ? » disent-ils. À quoi bon discuter ? M. Cho a bien essayé une fois ou deux de les contredire : « Mais ils volent, vous imaginez ce que c'est de voler, est-ce que ce n'est pas autre chose que de conduire une voiture ou de faire un *sudoku* ? » Les gens, les voisins, les habitants de l'immeuble, même les autres concierges des autres immeubles connaissent l'obsession de M. Cho pour ses pigeons.

Pendant l'hiver, tout repose, les pigeons et M. Cho, dans une sorte de léthargie paresseuse. M. Cho a passé un accord avec le gérant de *Good Luck !* Il est le gardien, mais il ne reçoit pas de salaire. À la place du salaire, il a l'autorisation de garder ses pigeons voyageurs avec lui, et de les emmener jusque sur le grand toit plat de l'immeuble, pour qu'ils prennent l'air. « Mais vous veillerez bien à ce que vos oiseaux ne fassent pas de saletés, et vous ne pourrez pas les mettre dans l'ascenseur ! » M. Cho est d'accord. Bien sûr c'est une faveur que lui fait le gérant, mais c'est parce que M. Cho est un ancien policier, c'est toujours utile d'avoir un policier dans un immeuble. M. Cho est concierge du 19 depuis cinq ans, mais auparavant il a vécu à la campagne, dans un village du Ganghwa-do près de la frontière avec la Corée du Nord. Il a grandi dans ce village, sa mère a traversé la zone des combats et elle s'est réfugiée dans cette presqu'île, elle y est restée, elle a cultivé les oignons et les patates, d'abord comme ouvrière, puis elle s'est remariée avec le propriétaire de la ferme. Quand M. Cho était enfant, ce n'était plus la guerre, mais ce n'était pas encore vraiment la paix. Il y avait des soldats partout, les routes ne servaient qu'au passage des tanks et des camions, il y avait une base américaine non loin. Tout ce qu'il connaît du pays de sa mère, de ses grands-parents, de son père, c'est le nom, Gaesong. Le grand-père de M. Cho, sa mère lui en a parlé quelquefois, c'était un grand homme très beau, très brun de peau, avec beaucoup de cheveux, un chanteur de panshori. Il était aussi propriétaire, par sa femme, d'une plantation de poiriers. Un homme riche, disait sa mère, autoritaire mais généreux. Qu'est-il devenu après la guerre ? Mais il est mort depuis longtemps, et maintenant il n'y a personne qui se souvienne de lui de ce côté de la frontière, hormis lui, M. Cho, parce qu'il a écouté tout ce que sa mère lui racontait, et quand elle est morte à son tour, elle a emporté cette mémoire avec elle. L'amour des pigeons, c'est à elle que M. Cho le doit. Lorsqu'elle a passé la ligne de démarcation, elle a emmené avec elle un couple de pigeons voyageurs que son père avait élevés, elle les a portés avec son fils sur son dos, dans un petit sac percé de trous pour qu'ils puissent respirer. Elle les a emportés afin qu'un jour ils puissent voler vers leur pays natal et apporter des nouvelles à la famille restée de l'autre côté. Mais le temps a passé et la mère de M. Cho n'a pas eu le courage de les renvoyer là-bas, ils ont vécu de ce côté de la frontière, ils ont vieilli, et puis ils sont morts. Mais entre-temps ils ont fait beaucoup d'enfants, et ce sont eux que M. Cho a élevés, pour qu'un jour, peut-être, ils accomplissent la mission. Il n'en a parlé à personne, qui pourrait croire qu'à la troisième ou quatrième génération les oiseaux gardent le souvenir du pays d'origine ?

C'est le matin, il n'y a pas de meilleur moment pour les pigeons. M. Cho a monté les cinq cages, l'une après l'autre, dans chaque cage il y a deux couples de pigeons séparés par une cloison de carton fort. Chaque couple a un nom, un nom de famille en quelque sorte, et chaque membre de cette famille un prénom. Cela peut paraître futile. Mme Li, la voisine de M. Cho, lui a fait l'observation un jour : « Pourquoi vous donnez des noms à ces oiseaux ? Est-ce que les pigeons savent leur nom, ce ne sont pas des chiens tout de même ! » M. Cho l'a regardée avec reproche : « Mais ils connaissent leurs noms, madame. Ils sont beaucoup plus intelligents que votre chien, si vous voulez mon opinion. » Mme Li n'accepte pas. Elle aime la contradiction, et elle est contente que, pour une fois, M. Cho consente à parler. « C'est la chose la plus ridicule que j'aie entendue depuis longtemps, dit-elle. Qu'est-ce que vos pigeons ont de plus que mon chien ? — Ils volent, madame », a dit M. Cho, cette réponse était catégorique et cloua le bec de Mme Li. Plus tard elle pensa : « Mais j'aurais dû lui dire que voler n'est pas être intelligent, et que d'autre part, si "Grenouille" (c'était le nom de son chien parce qu'il est petit, court sur pattes et rondouillard, et qu'il crie plutôt comme une grenouille que comme un chien) avait des ailes, il saurait voler. »

Donc, M. Cho ce matin de printemps a monté les cinq cages jusque sur le toit. Il n'a pas pris l'ascenseur, parce que, en tant que concierge, il respecte l'accord passé avec le gérant de *Good Luck !* de ne pas prendre ses pigeons dans la cabine de l'ascenseur. Il risquerait de recevoir un blâme de la banque qui possède l'immeuble, laquelle serait alertée par un riverain malveillant qui prétexterait être allergique aux plumes d'oiseau. Cela dégénérerait en dispute et M. Cho n'aime pas les disputes.

M. Cho arrive sur le toit en soufflant parce qu'il a dû monter cinq fois les vingt étages jusqu'au toit, et il calcule que cela représente environ quatre cents marches à chaque voyage, c'est-à-dire deux mille marches pour l'ensemble. M. Cho n'est plus tout jeune. Il a passé l'âge de la retraite, après trente ans de services dans la police, et il ressent dans ses jambes et dans ses poumons qu'il n'a plus vingt ans, ni même trente-cinq. Aussi, arrivé sur le toit, il s'accorde un peu de répit, assis sur la souche d'une bouche d'aération, à regarder le paysage de la ville qui émerge lentement de la brume matinale. Dans quelques instants, il verra clairement Namsan et la flèche de la tour radio, et un peu au-delà, le grand serpent brillant de la rivière Han, et encore plus loin, les silhouettes des gratte-ciel de Gangnam, et les rubans des autoroutes. C'est un dimanche de printemps, encore de bonne heure, et le bruit de la ville est atténué, comme si tout le monde retenait son souffle pour ce qui va suivre.

C'est le moment. Les pigeons l'attendent avec de plus en plus d'impatience, ils tournent sur eux-mêmes dans l'étroit compartiment des cages, ils s'essaient à battre des ailes, et le bruit de leurs rémiges émet un sifflement qui exagère encore leur impatience. M. Cho ressent cela dans son propre corps, comme un fluide électrique qui parcourt ses membres, s'exaspère au bout de ses doigts, hérisse les petits poils sur le dos de sa main. Il s'accroupit devant les cages, il parle aux oiseaux, il prononce lentement leurs noms, l'un après l'autre :

renarde, et toi le garçon, pinson
bleu, et toi rouge-gorge
fusée, flèche blanche
lumière, lune
la mouche, la cigale
voyageuse, président
acrobate, petit-gris
diamant, dragon noir
chanteuse, roi
danseuse, sabre

Il aime bien dire leurs noms, en approchant son visage des cages, et l'un après l'autre, l'oiseau nommé cesse de s'ébattre, renverse la tête en arrière, et regarde de son œil jaune. Pour M. Cho, c'est comme s'il recevait une confidence, une phrase de remerciement en même temps qu'une promesse. Une promesse de quoi ?

Il ne pourrait pas le dire, mais c'est comme ça : quelque chose qui s'unit à lui, et lui donne la mémoire du passé, quelque chose comme un rêve qui reprend après des jours de sommeil.

Le moment est arrivé. M. Cho ouvre une boîte un peu longue en fer-blanc, dans le genre des étuis d'écolier. Dedans, il trouve une série de messages qu'il a préparés, écrits à la main bien proprement sur un papier de riz très fin, presque translucide. Ces messages, M. Cho les a imaginés longtemps, avant de les tracer. Il ne veut pas écrire n'importe quoi. Il ne veut pas juste s'amuser, même si sa fille Soo-Mi le taquine à ce sujet : « Alors, papa, tu écris à ton amoureuse ? » Ou bien : « N'oublie pas de mettre ton numéro de téléphone ! » Elle, évidemment, elle n'y croit pas. Ce n'est pas de sa génération, ni de celle des gens âgés qui habitent dans le même immeuble. Eux vivent avec leur temps, ils se moquent bien des chimères de M. Cho. Ils ont Internet, ils écrivent sur leurs téléphones mobiles, ou sur leurs écrans, ils utilisent les messageries. Il y a longtemps qu'ils n'écrivent même plus de lettres. Soo-Mi, pourtant, il y a quelques années, aimait bien écrire des lettres. M. Cho se souvient qu'elle a même composé de petits poèmes pour que son papa les roule comme des cigarettes et accroche les capsules aux pattes des pigeons. Et puis ça lui est passé. Quand ils se sont installés dans cet immeuble, au centre de cette très grande ville, elle a cessé de croire aux pigeons et à leurs messages, elle est devenue comme tout le monde.

C'est l'heure. M. Cho ouvre la cage où se trouve Dragon noir, il le prend délicatement, il le tient dans le creux de ses mains, il sent le cœur qui bat très vite dans la poitrine, la douce chaleur du ventre, et les pattes froides. Du bout des pouces, il caresse l'oiseau, l'approche de son visage et il souffle sur sa tête, sur le bout de son bec. Le pigeon cligne des yeux, puis les ouvre et sa pupille s'arrondit, parce qu'il a compris que le moment est venu de faire ce qu'il sait faire, voler.

Le vent s'est levé, un mélange de douceur et d'âpreté, M. Cho connaît bien cet instant de l'année, celui qu'il préfère, « le vent de l'envie des fleurs » – le souvenir de la neige mêlé au parfum des timides fleurs de prunellier qui s'ouvrent dans la vallée. Pas de prunelliers ici, seulement des plantes dans des pots, que plusieurs riverains de *Good Luck !* cultivent à leurs moments perdus. Et au bas, le long de l'immeuble, quelques magnolias sans fleurs.

Dragon noir s'ébroue dans les bras de son maître, sous le duvet M. Cho sent son petit cœur qui s'emballe comme un grelot. Il souffle sur son bec doucement, il murmure les mots qui encouragent, pas des phrases, juste des mots qu'il choisit avec soin, des mots doux, des mots ronds, des mots légers. « Vent » « esprit » « lumière » « aile » « amour » « retour » « herbe » « neige »... Pour Dragon noir, il n'a eu envie que d'un seul mot : « espoir », et pour sa compagne Diamant, il a choisi « désir » parce que cela veut dire aussi « vent ». Dragon noir écoute, dans son œil jaune la pupille s'arrondit, et au fond de sa gorge M. Cho entend les petits cailloux qui roulent, ce sont les mots de son langage, du langage de sa gorge seulement car tout le corps de l'oiseau a envie de parler avec ses rémiges, avec ses ailes, avec les plumes de sa queue, fendre l'air et parler en plongeant dans les courants d'air. Lentement, M. Cho s'approche du bord du toit, il tend les bras comme s'il offrait l'oiseau au ciel. Vouff ! Dragon noir s'est élancé, il tombe d'abord vers la rue puis soudain il se reprend, il remonte en planant, et il commence son vol au-dessus des immeubles, dans la direction du soleil levant.

Dans sa cage, Diamant s'impatiente. Elle a entendu le bruit d'ailes, c'est son tour maintenant, elle le sait, elle appelle. Quand M. Cho la prend dans ses mains, elle donne des coups de bec, pour dire : « Mais lâche-moi, imbécile ! Mon amour est déjà dans le ciel, laisse-moi le rejoindre ! » M. Cho n'a pas besoin d'aller jusqu'au bord du toit. Il ouvre ses mains et Diamant s'élance à son tour, elle est plus légère que son mâle, elle monte droit dans le ciel, elle trace un arc de cercle au-dessus de l'avenue, et en quelques instants elle a disparu dans la lumière. M. Cho ne peut pas la suivre du regard, ses yeux sont faibles, la violence du soleil le fait pleurer.

Alors M. Cho entame sa longue attente. Il sait que cela peut durer des heures, quelquefois même jusqu'à la nuit. Il s'assoit sur le toit à côté des cages, il ferme les yeux, et il essaie d'imaginer ce que voient Dragon noir et sa compagne Diamant, au-dessus de la ville. Les hauts immeubles en verre, debout pareils à des falaises de cristal, les rubans des autoroutes, et ensuite le grand fleuve. L'énergie accumulée dans leurs ailes pendant des semaines de confinement se transforme en force électrique, les ailes battent à toute vitesse, les courants du vent les poussent vers le haut, puis les trous glacés au-dessus de la rivière les font plonger. Dragon noir guide en tête jusqu'à la rivière, puis c'est Diamant qui prend les devants, elle longe la rive jusqu'au pont, vers l'île. Il y a d'autres oiseaux dans le ciel, plus bas, des mouettes, des goélands, et près de l'île, des groupes de canards. Les pigeons ne s'arrêtent pas, ils tracent des cercles au-dessus de l'eau, la surface miroite avec des frissons, les touffes d'herbe et les joncs s'inclinent dans le vent, sur le grand pont les autos sont arrêtées par l'embouteillage du matin, une rumeur de klaxons, ou bien les cris des canards, ou encore l'appel du train qui franchit lentement la rivière. Pour lui tenir compagnie dans cette longue attente, M. Cho a amené avec lui un de ses plus vieux pensionnaires, un pigeon qui a connu sa mère, peut-être l'un des fils du couple initial. Il s'appelle Chochongsa, « pilote », parce qu'il volait si haut, comme un avion. Mais maintenant il est aveugle et paralysé par l'arthrose, alors il reste dans les mains de son maître sans bouger, juste à respirer le vent et à sentir la caresse du soleil sur ses plumes.

Salomé battait des mains. Ses yeux brillaient. Elle a esquissé des gestes, mais sa main gauche déraillait, et au lieu de toucher son front, sa main a heurté son nez, et elle a fait une vilaine grimace.

« Vous voulez vous reposer un peu maintenant, n'est-ce pas ? » ai-je dit.

Salomé est grande et maigre, mais à cause de sa maladie elle est toute repliée sur son fauteuil roulant. Elle a une couverture écossaise sur ses jambes grêles, pour qu'on ne voie pas qu'elle porte des couches. Elle sait en rire, tout de même. Elle dit : « C'est pour qu'on ne voie pas que j'ai les jambes qui tremblent, je ne veux pas perdre mon bonheur ! » C'est vrai, moi aussi je connais cette légende, j'aime bien qu'elle ait le courage de se moquer d'elle-même.

J'insistai : « Vous devez être fatiguée ?

— Non, tout va bien. »

Elle a cherché une raison de ne pas être contente, c'était dans son caractère. Tout ce qu'elle a trouvé, c'est de réclamer des noms :

« Votre histoire, je l'aime bien, je sens que je peux voler moi aussi comme les pigeons de M. Cho, au-dessus de la ville. Je me sens si légère ! » Elle a eu un petit ricanement sarcastique. « Mais je veux savoir les noms ! »

Je ne comprenais pas bien : « Les noms ? Quels noms ? »

Elle a eu un geste d'impatience : « Les noms des endroits, là où ils volent, vos pigeons, dites-moi les noms ! »

Alors j'ai inventé les noms, tous les noms que je connais de cette ville, et aussi des noms qui n'existent pas, des endroits que je n'ai jamais vus, que j'ai entrevus dans mes rêves.

Dragon noir et Diamant ont volé au-dessus des immeubles, jusqu'à la rivière Han, puis ils sont passés au-dessus de Yeouido, les grandes maisons blanches du gouvernement, les parcs où les petits vieux promènent leurs petits-enfants le dimanche après-midi, ils ont basculé sur le côté et les voici qui passent au-dessus du grand pont Seogangdaegyo, avec les millions de voitures qui courent les unes derrière les autres comme des insectes. Ils ne s'arrêtent pas là, ils passent au-dessus de l'île des canards, puis ils reviennent en arrière, ils longent la rivière, puis le canal, ils vont à Myeong-dong, au-dessus de l'hôtel Savoy, il y a plein de rues embouteillées, des ruelles encore sombres, ils passent le long de la grande montagne, peut-être que Diamant voudrait s'arrêter un instant dans les pins sur la montagne, elle aime tant l'odeur des aiguilles, elle voudrait que Dragon noir se décide à construire un nid, peut-être, un jour, mais lui bat vite des ailes, il trace une longue courbe vers Jongno, vers la tour de la librairie Kyobo, ensemble ils volent vers Insadong, puis vers les jardins de Changgyeonggang, au-dessus du jardin secret, l'eau des petits lacs étincelle au soleil, il y a l'odeur des arbres, des fleurs, le vent qui descend de la montagne les repousse en arrière, ils sont au-dessus de Dongdaemun, de Samcheong, et M. Cho, sur le toit poussiéreux de son immeuble, peut imaginer ce qu'ils voient, les toits traditionnels en tuiles vernissées qui brillent, les jardins, les cours carrées, ensuite les pigeons reviennent près du palais de Gyeongbokgung, jusqu'à la gare, ils redescendent vers le soleil, c'est déjà la fin du jour, ils sont fatigués d'avoir tant volé, ils tracent encore un demi-cercle autour des immeubles de Samsung, et le vent de la rivière, ou bien le vent solaire les repousse vers la haute silhouette adossée à la colline du Dragon, vers le toit plat où M. Cho les attend.

Salomé avait le visage enfiévré, quand je disais les noms, elle fermait les yeux et elle glissait dans l'air avec le couple de pigeons, elle filait d'une rue à l'autre, elle sentait le courant d'air de la rivière, elle entendait le bruit mélangé des voitures, des camions, des autobus, et aussi le fracas de métal du train qui glisse dans sa rainure près de la gare de Sinchon.

J'ai inventé les noms :

Songsi, Myeongju, Cheonggang, Pyeolhae, Paramgebi, Tokhae, Hongro…

Cela ne voulait rien dire, mais Salomé y croyait, ses mains trop blanches étaient agrippées aux poignées de son fauteuil, comme s'il avait décollé, qu'il glissait sous les nuages…

Ensuite Salomé a glissé un peu sur le dossier du fauteuil roulant, ses yeux fermés teintaient de bleu ses paupières blanches, elle s'est endormie. Tout doucement, sans faire de bruit, je me suis levée, j'ai pris l'enveloppe contenant les billets de 50 000 wons qui portait mon nom, écrit en grosses lettres inégales,

BitNA,

j'ai poussé la porte du studio et je suis sortie dans la rue.

Les choses se sont dégradées à la maison à cette époque-là. Les scènes se faisaient de plus en plus fréquentes, en partie parce que ma chère cousine, la délicieuse Paek Hwa, avait commencé à sortir le soir, à fréquenter des garçons, bref à devenir une fille dissipée.

« Toi qui as de l'expérience dans la vie, disait ma tante en s'adressant à moi – de quelle expérience parlait-elle ? –, tu devrais lui dire de corriger sa conduite, elle ne travaille plus à l'école, elle dit qu'elle ne veut même pas continuer, que ça ne sert à rien. »

Ce n'est pas que je n'avais pas essayé. Au fond, elle me faisait un peu pitié, cette fille qui avait toujours été l'enfant gâtée de la famille, et qui ne connaissait rien à la vie. Je l'ai sermonnée un après-midi, à la sortie de l'école, où j'étais venue l'attendre. Nous sommes allées dans un café Lavazza, à Honggik. Elle s'est assise sur la terrasse pour pouvoir fumer.

« Peut-être que tu ne devrais pas fumer si jeune, lui ai-je dit.

— Parce que toi tu ne fumes pas ?

— À ton âge je ne fumais pas encore.

— Et ça fait quelle différence maintenant ? »

J'ai laissé tomber. Après tout, qu'elle fume en public ou en cachette, ce n'était pas mon affaire.

« Tu fais ce que tu veux, mais tu ne travailles pas en classe.

— Comment tu sais ça ?

— Écoute, j'ai vu tes bulletins, tu es tout le temps absente, tu as des notes catastrophiques.

— Et en quoi ça te regarde, mes notes ? »

Soudain, le ton a monté, elle se penchait vers moi, je voyais ses pupilles agrandies, et les petites veines sur ses tempes qui se gonflaient sous l'effet de la colère.

« Toi tu n'es rien du tout, tu n'es qu'une fille de la campagne, et parce que tu vas à l'université, tu te crois au-dessus de tout le monde ! Retourne dans ton Jeolla-do, va à la pêche aux calmars ! »

Tout à coup, je l'ai trouvée laide et vulgaire. J'écoutais ses insultes, et je ne pouvais m'empêcher de penser qu'elle ressemblait à ma tante, c'était le même visage large, le menton fuyant, le front bas, avec vingt ans de différence. Tout ce qu'elle me disait, de retourner à la pêche, cela venait de ma tante, elle devait dire la même chose quand j'avais le dos tourné.

J'ai pris ma décision. Avec l'argent de Salomé, j'ai loué une petite chambre dans un autre quartier, sur la colline au-dessus de Sinchon. Ce qui était bien, c'est que la chambre avait une entrée séparée, je n'avais pas besoin de voir la propriétaire. Juste une pièce en demi-sous-sol, avec un vieux lavabo et un W.-C. séparés par un rideau en plastique. C'était un peu humide et sombre, mais c'était chez moi, je n'avais plus à entendre les jérémiades de ma cousine, ni les reproches de ma tante, ni les ronflements de son mari. J'allais aux cours, j'achetais des petites choses à manger, un Coca et des cigarettes, et j'étais la plus heureuse du monde. Je n'avais jamais imaginé à quel point c'était bien d'être seule, absolument seule, sans avoir besoin de voir qui que ce soit. Les filles qui se plaignent de ne pas avoir d'amies, de se sentir seules, je ne peux pas les comprendre. Elles ne connaissent pas leur bonheur. Je n'avais même pas besoin d'avoir un petit ami. Tous les garçons que je rencontrais me paraissaient idiots, vaniteux. De vrais petits rois, gâtés par leur maman, par leurs petites amies, par leurs grandes sœurs, leurs profs. Ils ne s'intéressaient qu'à eux-mêmes, ils passaient le plus clair de leur temps à se coiffer, à se parfumer, à vérifier leurs cheveux en se prenant en photo avec leurs téléphones. Ceux qui approchaient, qui essayaient de raconter leurs salades, je les envoyais promener, juste une petite critique et ils étaient découragés : « Toi et tes boutons ! », ou bien : « On ne t'a jamais dit que tu sentais fort ? », ou encore : « Où est-ce que tu as dégotté ce blouson, tu as l'air d'un garagiste ! » Et ça suffisait, ils partaient ailleurs. Ils me faisaient penser à ces escrocs qui attrapent les gens en leur parlant de l'autre monde, pour les attirer dans un endroit isolé en dehors de la ville, et leur voler tout leur argent !

La seule que j'avais envie de revoir, c'était Salomé. Pas parce qu'elle m'avait engagée pour lui raconter des histoires, mais parce qu'elle avait cette façon de m'écouter, comme si elle buvait mes paroles, comme si toute son énergie impuissante ressortait par ses yeux. C'est elle qui m'a téléphoné, un matin. J'étais en cours, j'ai vu son numéro s'afficher sur l'écran, mais je ne l'ai pas rappelée et, à l'heure du déjeuner, j'étais à la cantine de l'université en train d'avaler mon bol de soupe, elle a téléphoné de nouveau.

« Moshi-Moshi ? (C'était elle qui avait cette façon de répondre.)

— J'aurais besoin de vous, je voudrais entendre la suite de votre histoire. Pourquoi vous ne m'appelez pas ?

— J'ai eu du travail à l'école, on m'a donné à organiser un séminaire sur la traduction. »

C'était la vérité, mais j'avais surtout été occupée par mon déménagement. Je ne pouvais pas lui parler de ça, nous avions décidé de ne jamais parler de la vie réelle, et ça, j'aime bien, je crois que les gens ont tendance à trop papoter de leurs petits soucis qui n'intéressent qu'eux-mêmes. Salomé avait de gros problèmes de santé, mais elle l'avait mentionné juste une fois, pour expliquer qu'elle ne pouvait pas marcher, que les infirmières venaient deux fois par jour la changer et la laver. Parce qu'elle voulait que je comprenne pourquoi elle ne pouvait pas m'accompagner jusqu'à la porte. Je n'avais jamais connu personne dans cet état. Même ma grand-mère avant de mourir pouvait marcher, cassée en deux, jusque dehors pour donner à manger à ses poules.

« Je vous attends cet après-midi, vous viendrez, n'est-ce pas ? »

Je n'ai pas hésité :

« Cet après-midi. À cinq heures.

— Ah, Bitna, vous êtes un ange. »

Elle a dit cela en anglais, et l'instant d'après je recevais sur mon téléphone un drôle de petit personnage avec une couronne d'oiseaux qui dansait sur sa tête.

J'ai pris le bus jusqu'à sa rue près du lycée français au sud de la ville. Il faisait grand soleil, et je n'avais jamais réalisé à quel point son quartier était joli, des petits immeubles luxueux au milieu des jardins, ou bien des villas modernes. Des chiens derrière les murs aboyaient férocement quand je passais devant les portails. Il n'y avait pas souvent de piétons dans ce quartier, ce n'était pas comme dans les hauts de Sinchon, où presque tout le monde marche, ou tire des charretons chargés de légumes et des brouettes encombrées de vieux cartons. Dans le quartier de Salomé – je n'y étais venue qu'une seule fois –, même les voitures semblaient ne pas bouger. Elles étaient garées sagement sur les emplacements peints sur la chaussée. Devant l'entrée de l'immeuble de Salomé, il m'a semblé que je reconnaissais la voiture, une Kia grise, que l'infirmière garait le long du mur. Ça avait quelque chose de rassurant, mais aussi, comme tout ce qui ne change pas, d'angoissant, et j'ai failli faire demi-tour. C'est le souvenir de la voix de Salomé, sa voix grave quand elle disait : « Après, racontez-moi après, s'il vous plaît ! » qui m'a donné le courage de sonner à la porte. L'infirmière m'a fait entrer, j'ai ôté mes baskets et j'ai enfilé les pantoufles qu'elle me tendait. Elle n'a rien dit, surtout pas : « Mademoiselle Salomé vous attend » – c'étaient les instructions de Salomé, ne jamais rien dire de ces phrases ordinaires. Le silence.

La chambre était bien éclairée par le soleil de la fin de l'après-midi, j'étais contente d'avoir choisi cette heure-là, je n'aurais pas aimé un air sombre et froid, une odeur de maladie. Au contraire, ça sentait le thé au jasmin, que l'infirmière avait préparé pour nous et qui fumait sur la petite table à jouer aux cartes à côté de Salomé. Ça avait quelque chose d'un rituel, bien que ce ne fût que la deuxième fois, et j'aime tout ce qui ressemble à un rituel. Ça a fait naître en moi le besoin de conter, un peu comme une impatience qui fait trembler les mains. Ça a l'air vaniteux, mais quand j'arrivais devant son immeuble, il me semblait que c'était mon destin de donner à Salomé le goût de la vie. Et j'aimais bien cela, parce qu'au moment où je franchissais le seuil de la maison, je n'avais pas la moindre idée de ce que j'allais raconter, la suite de l'histoire de M. Cho, ou bien celle de Mlle Kitty, ou encore inventer l'histoire d'un assassin. J'ai décidé que ce serait Kitty.

Deuxième histoire contée à Salomé, mai 2016

Kitty est arrivée dans le salon de beauté un matin, de bonne heure, alors que Mme Lim était en train de tout préparer pour la clientèle, les fauteuils, les linges propres, les outils de travail, et la grande bouilloire pour le thé vert. Le salon de Mme Lim n'est pas très grand, mais tout est bien organisé pour recevoir les femmes désireuses de se faire coiffer, teindre ou friser. La clientèle n'est pas très variée, ce sont plutôt des femmes d'un certain âge, dont Mme Lim connaît les noms et prénoms, et même plusieurs petits secrets, comme ceux que récoltent en général les coiffeuses et les manucures. Aussi, l'arrivée de Kitty dans le salon de Mme Lim avait quelque chose de saugrenu, d'imprévu. À cet instant, c'était une inconnue, à laquelle aucun nom ne se rattachait. Ce n'est que plus tard, après un ou deux mois, que le prénom de Kitty est arrivé, peut-être à cause de la marionnette japonaise, ou parce que Mme Lim a entendu quelqu'un prononcer ce nom. Mlle Kitty avait semé l'effervescence dans le salon. Les deux employées de Mme Lim, Jo-eun et Yeri, ont commenté longuement, échafaudant les hypothèses, dans un désordre totalement illogique et absolument affectif :

« Elle est très maigre, elle doit venir du Nord, de la campagne. Non, c'est impossible qu'elle vienne de si loin, moi je dirais que c'est une citadine, regardez, elle n'a peur de rien, elle vient chez nous comme ça directement, comme si elle connaissait le quartier. Une citadine ! Parce que vous, une fille de Yeongwol, vous êtes capable de faire la différence ? En tout cas elle ne manque de rien, vous avez vu sa robe ? Un beau gris, pas une tache, elle n'a sûrement pas traîné dans la boue de la campagne. Et puis elle connaît bien le quartier, elle doit habiter dans le grand immeuble, là, à côté, le *Good Luck !* Ou peut-être qu'elle est du restaurant de nouilles froides, ou bien du tripot où on joue aux cartes. Du tripot ! Vous dites vraiment n'importe quoi, qu'est-ce qu'elle ferait avec tous ces ivrognes ! Moi, je ne suis pas sûre, mais je crois que je l'ai déjà vue du côté de l'église chrétienne, le pasteur doit s'occuper d'elle, ça ne m'étonnerait pas, elle a l'air si recueillie ! C'est vous qui dites n'importe quoi, pourquoi pas une bouddhiste du temple de Jogyesa ou bien de Namsan pendant que vous y êtes ! Alors qu'est-ce qu'elle viendrait faire ici ? Le salon n'est pas pour les gens chic, c'est juste pour les *ajumma* du quartier, non ? Bla bla, conclut Mme Lim, vous êtes vraiment des commères. Allez, au travail, il y a les linges à laver, les ciseaux, les polissoirs, je ne vous paie pas pour raconter des sornettes sur notre visiteuse, notre voyageuse. »

Alors c'est ainsi qu'elle s'appelait, non pas Kitty, ou Kelly, rien de ce genre. Elle s'appelait la Voyageuse. C'était un nom qui lui allait bien.

« Est-ce que vous me connaissez ? », « Savez-vous mon nom, et où j'habite ? », « Si quelqu'un lit ce message, prière de répondre par le même courrier », « Prière d'appeler le numéro 10 2... » (et suivait un numéro que je ne donnerai pas, de peur d'être à l'origine de coups de téléphone intempestifs, voire injurieux). C'était le genre de message que la Voyageuse portait dans un petit sac accroché à son cou – un très petit sac en paille tressée, plutôt un porte-monnaie qu'un sac. C'est Mme Lim qui en a eu l'idée. Non pas qu'elle fût vraiment intéressée par l'origine et les mésaventures de cette Voyageuse, mais sa curiosité était piquée par le mystère qu'il y avait autour d'elle, par ce côté obscur, presque maléfique qu'elle imaginait. Pour elle, il n'y avait pas de hasard, pour rien au monde. Tout avait une cause, un sens et une finalité. Une Voyageuse ne pouvait pas arriver un beau jour dans son quartier, dans son magasin au pied de l'immeuble *Good Luck !* sans que cela signifiât un changement dans l'ordre établi, une sorte de brouillement d'ondes qui aboutirait à quelque chose d'à la fois imprévisible et inquiétant. « Enfin, elle vient bien de quelque part », argumentait-elle devant ses employées. « Ou bien est-ce quelqu'un qui nous l'envoie ? — Vous devriez le lui demander vous-même », plaisantait une cliente, une large femme d'une cinquantaine d'années qui venait régulièrement se faire friser, et que Mme Lim dédaignait parce qu'en dépit d'être la femme d'un pasteur de l'église voisine elle était pingre et discutait toujours le prix, surtout pour le massage de son cou épais, qu'elle réclamait à la fin de

la coiffure comme si c'était dû. « C'est ce que je vais faire, figurez-vous », avait rétorqué Mme Lim, et c'est ce jour-là qu'elle a eu l'idée de ces messages dans le petit sac de paille tressé.

Pendant quelques semaines, le petit sac au cou de la Voyageuse avait gardé son secret. Les billets restaient sans réponse. Puis, un beau jour, alors que Mme Lim n'y pensait plus, Mlle Kitty est revenue. Elle est entrée dans le salon, sans aucune crainte, comme si elle connaissait tout le monde et que c'était naturel pour elle de s'asseoir sur un des fauteuils de moleskine noire et d'attendre qu'on vienne s'occuper d'elle. Mme Lim était tout excitée. Elle n'a laissé personne d'autre s'approcher de la Voyageuse. Elle lui a préparé un petit en-cas, des boulettes de riz et de poisson, et elle a posé le plat devant Mlle Kitty. « Vous devez avoir faim, avec tous vos voyages, alors mangez d'abord, ensuite nous pourrons causer un peu. » Causer était un bien grand mot, parce que Mme Lim ne s'attendait pas à une conversation. Elle a laissé la Voyageuse manger, tout en préparant la mise en plis de sa cliente du moment, une vieille dame un peu sourde qui s'était mis en tête de se faire teindre en bleu. Les autres employées de Mme Lim ont continué, elles aussi, à faire leur travail, mais chacune jetait des coups d'œil de côté pour observer le comportement de Mlle Kitty. Celle-ci mangeait tranquillement dans l'assiette, sans se presser. « Elle n'a pas faim », pensa Mme Lim. C'était bien la preuve qu'il ne s'agissait pas d'une vagabonde ordinaire, elle devait avoir sa maison, ses habitudes, quelqu'un qui prenait soin d'elle. Cela la rassurait et, en même temps, augmentait sa curiosité. Comment quelqu'un qui n'a besoin de rien, qui a une maison et des êtres aimants autour de soi, peut-il s'aventurer dans un salon de coiffure, s'asseoir sur un fauteuil et attendre son tour ? Cela lui donna même un frisson, quand elle se mit à imaginer que la Voyageuse n'était pas celle qu'elle semblait, mais une vraie personne, venue de l'au-delà, une personne qui la connaissait personnellement et qui revenait, après des années d'oubli, pour reprendre sa place. Elle avait hâte de finir les préparatifs de la teinture bleue, de laisser sa cliente en attente, une charlotte en plastique serrée autour de sa tête, et de courir jusqu'au fauteuil au bout de la salle, pour parler à la Voyageuse. Celle-ci ne s'impatientait pas. Après avoir mangé les boulettes, elle avait bâillé paresseusement et elle semblait à demi endormie sur le fauteuil, la tête appuyée contre le coussin du dossier, les yeux mi-clos laissant filtrer un peu de la lumière jaune de ses iris. Mme Lim se hâtait tant qu'elle ne s'était pas essuyé les mains, et quand elle approcha ses doigts du cou de Mlle Kitty, celle-ci se recula aussitôt, parce que l'odeur vinaigrée de la teinture lui déplaisait. « Oh pardon, mademoiselle, dit Mme Lim. Je sais, cette odeur n'est pas très agréable, je vais me laver les mains. » Ce qu'elle fit avec soin dans le lavabo devant le fauteuil. Puis, comme elle ne savait pas quelle position prendre, elle s'accroupit devant le fauteuil, afin que son visage soit bien à la même hauteur que celui de Mlle Kitty. « Voyons quel message vous m'apportez. » Délicatement, elle détacha le sac de paille du cou de la Voyageuse et elle l'ouvrit. Son cœur bondit quand elle découvrit dans le sac une petite feuille de papier pliée en quatre – ce n'était pas du tout le message qu'elle avait laissé quelques jours auparavant. Le papier était fin, de couleur un peu mauve, et portait écrits quelques mots au crayon-feutre, en lettres enfantines.

Je suis au quinzième étage de l'immeuble,
Je n'ai pas de nom, pas de famille,
Qui suis-je ?

À cet instant, les autres employées accoururent, elles entourèrent Mme Lim, cherchant à lire par-dessus son épaule, mais Mme Lim ne les laissa pas faire. Elle se redressa, elle replia avec soin la lettre, et elle la glissa dans la poche de son tablier.

« Enfin, qu'est-ce qu'elle dit ? » demanda Youn, la plus jeune. « Oui, quelle est la réponse ? » dirent les autres. Même la vieille dame aux cheveux bleus arriva, sa charlotte sur la tête : « Que se passe-t-il à la fin ? » L'une des employées chercha à lui expliquer. « Tout va bien, Ajumma. C'est juste la réponse qui vient d'arriver. » La vieille grommelait : « Tout va bien, tout va bien, mais je voudrais bien avoir ma teinture, s'il vous plaît. » Mlle Kitty, l'objet de toute cette curiosité, ne semblait pas s'en inquiéter. Elle s'étira langoureusement, et posa sa petite tête délicate contre l'autre bras du fauteuil, pour regarder d'un autre côté.

Elle resta là toute la matinée, et une partie de l'après-midi, à somnoler sur son fauteuil. Puis, à l'heure de fermer, Mme Lim se décida à écrire une autre lettre. Les employées étaient parties après avoir balayé le salon et rangé les instruments de travail. Dehors, la nuit arrivait, les lumières s'allumaient, on entendait le bruit doux des voitures qui ramenaient les habitants dans l'immeuble, après la journée de travail. Le marchand d'oranges s'était installé avec son petit chariot triporteur au coin de l'avenue, et débitait son boniment dans un haut-parleur qui grésillait.

Mme Lim avait écrit son billet. Elle y avait un peu réfléchi, et elle pensa que c'était le moment de donner un nom :

Kitty

Je suis dans le salon de coiffure au bas de l'immeuble Good Luck !

Si vous me connaissez, faites-moi savoir

Merci

Puis elle mit le papier plié avec soin dans le petit sac de paille, elle ferma le cordon autour de la boutonnière, et elle attendit. La Voyageuse semblait attendre cela, car aussitôt elle descendit du fauteuil et se dirigea vers la sortie, fit quelques pas sur le trottoir comme si elle hésitait sur la direction à prendre, et en un instant elle disparut. Mme Lim s'était précipitée vers la porte pour observer la messagère, mais celle-ci avait déjà filé derrière les bosquets qui ornaient l'entrée de l'immeuble. Elle en ressentit une sorte de pincement au cœur, comme si plus jamais elle ne devait la revoir, que c'était là la dernière fois que Mlle Kitty avait rendu visite au salon de coiffure. Ce soir-là, elle rentra chez elle pour retrouver son mari et sa fille, mais elle se garda bien de leur parler de tout cela. C'était comme un secret, en parler, croyait-elle, risquait de le perdre, à la manière d'un rêve fragile qui s'efface aussitôt qu'on commence à le mettre en mots.

L'après-midi est bien avancé, le soleil n'éclaire plus que le mur du fond de la pièce, là où Salomé a accroché le tableau de bois jaune où sont toutes les photos de sa famille. Je n'ai pas osé m'arrêter devant le tableau, j'ai juste entraperçu le portrait d'une dame en costume deux pièces, grande et l'air sévère, devant un fond de paysage de studio de photos, avec cascades et vieux monuments. J'ai même pensé que je pourrais un jour inventer l'histoire de cette femme, une voyageuse comme Kitty, qui a vécu en Australie, il y a longtemps, et qui serait morte dans un naufrage, parce que je crois que c'est romantique de mourir dans un naufrage – même si, à la réflexion, ça doit être horrible de se noyer. Mais j'ai déjà beaucoup à penser avec Kitty.

Salomé a demandé davantage de thé au jasmin, et comme l'infirmière ne répond pas (ça doit être l'heure du changement de service), c'est moi qui mets l'eau à chauffer sur le petit bureau près de la fenêtre, et qui verse le thé dans les tasses. Les tasses sont très ordinaires, dans le genre de celles qu'on vole à la cantine de l'université, en grès épais, sans décoration, mais je crois que pour Salomé ces tasses signifient quelque chose d'important.

Elle dit : « Parlez-moi de Kitty ! » Elle ajoute : « Et puis ensuite vous continuerez l'histoire des pigeons de M. Cho, n'est-ce pas ? »

Elle boit le thé à petites lampées, sa main gauche tremble, et la main droite reste posée sur son giron, comme si elle ne servait plus à rien. Salomé a surpris mon regard, elle dit simplement : « C'est ça pour moi le plus difficile à accepter, vous savez. » Elle fait un peu la grimace parce qu'elle essaie de dire quelque chose de drôle, mais elle n'y arrive pas : « Partir en petits morceaux, chaque jour, quelque chose qui s'en va, qui s'efface. »

Je n'ai rien dit, je crois que quelqu'un comme Salomé n'a pas besoin de mots pour la consoler, ni de pitié. Juste de contes, pour la faire voyager.

Alors, chaque matin, Mme Lim guette l'arrivée de Mlle Kitty. Certains jours, elle ne vient pas, et la journée alors lui paraît si longue, avec les bavardages des coiffeuses, les jérémiades des clientes : « Ah, si vous saviez, mon fils est si méchant, quelquefois je crois qu'il va me battre. » Ou bien : « Mon mari va bientôt partir à la retraite, il veut voyager partout, à Manille, à Dubaï, à Bombay, tout le monde dit que j'ai de la chance, mais moi ça ne me dit rien, franchement, je préfère rester dans mon chez-moi à arroser mes plates-bandes. » Mme Lim s'en moque bien, de leurs voyages, de leurs fils, de leurs maris. Elle a déjà assez de soucis avec sa propre vie. Alors elle pense à Mlle Kitty, à la réponse qu'elle apportera dans le petit sac de paille. Et quand la réponse arrive, elle ne peut plus attendre. Elle expédie les mises en plis, les teintures rouges, les soins et les massages du cuir chevelu, elle ferme le rideau de sûreté, et elle va vers Mlle Kitty.

« Qu'est-ce que tu m'apportes ? Voyons, voyons. »

Mlle Kitty tend le cou, et Mme Lim défait doucement le ruban du sac. Dans le sac, il y a un petit papier blanc, sur lequel est écrit :

La Voyageuse est aussi mon amie.

Mme Lim griffonne à la hâte la réponse :

Alors venez me rendre visite, je suis au salon de coiffure en bas de l'immeuble.

Dès que le petit sac de paille est refermé, Mlle Kitty s'éloigne, en trois bonds elle est dans la rue et file au milieu des bosquets du jardin. Elle n'a même pas réclamé son dû, le bol de poisson et la coupelle d'eau.

Le lendemain, elle revient, et c'est un autre message, d'une autre écriture :

Moi aussi je suis son amie, mais je n'habite pas dans cet immeuble, je viens juste travailler au repassage chez un couple de gens âgés.

Lim :

Quelqu'un connaît sa maison ?

La réponse :

Pas moi, je crois qu'elle vient du rez-de-chaussée, elle prend l'ascenseur jusque chez moi.

Puis un autre message, deux jours plus tard :

Qui sait ce qu'elle veut ? Qui sait pourquoi elle voyage ?

À la réponse sarcastique, Mme Lim a pensé tout de suite à ce vieil homme grognon et sale qui habite au rez-de-chaussée, un des concierges de l'immeuble sans doute :

Elle cherche à savoir qui elle est, non ? Alors foutez-lui la paix !

Cette observation, bien qu'elle vînt d'un vieil ivrogne à moitié fou, resta dans la tête de Mme Lim, au point de devenir une obsession. *Elle cherche à savoir qui elle est.* Quand elle rentrait chez elle après son travail, au lieu de s'asseoir devant la télé et de regarder ses telenovelas favorites, elle s'isolait dans la cuisine et réfléchissait. Son mari s'en inquiéta :

« Qu'est-ce qui se passe ? Tu as des ennuis d'argent ? »

M. Kang, le mari de Mme Lim, n'avait pas beaucoup d'imagination. Pour lui tout se résumait à des questions d'argent, ou à des ennuis de santé. Comme Mme Lim ne répondait pas sur l'argent, il imagina une cause plus sérieuse :

« Chérie, pourquoi tu ne viens pas t'asseoir ? Le feuilleton *Rose sauvage* va commencer ! »

Mme Lim haussa les épaules.

« Laisse, je dois réfléchir.

— Réfléchir ? »

M. Kang n'était pas sûr d'avoir bien entendu.

« Est-ce que tu souffres de quelque chose ? As-tu vu le médecin à l'hôpital ? »

Il y a trois ou quatre ans, Mme Lim avait découvert une tumeur sous son sein droit, et la biopsie avait révélé que c'était juste une boule de graisse, mais pendant quelques semaines, le couple avait vécu dans l'angoisse. M. Kang, qui avait quelques années de plus que sa femme, avait même lancé une plaisanterie destinée à alléger l'inquiétude, mais qui n'avait pas fonctionné :

« Avec toutes les veuves qu'il y a à Séoul, je ne peux pas faire les choses comme tout le monde, avait-il déclaré. Si c'est toi qui meurs en premier. »

Mme Lim eut un petit rire.

« Non, non, chéri, rassure-toi, je vais très bien. Mais c'est cette Kitty... »

Elle lui en avait parlé une ou deux fois, mais M. Kang n'avait pas été passionné par cette histoire.

« Eh bien, quoi, cette Kitty ? »

Mme Lim hésita. Son mari n'était pas le meilleur interlocuteur pour cette affaire.

« J'ai pensé qu'elle ne venait pas nous voir, au salon, pour rien.

— Comment, pour rien ? Que veux-tu dire ?

— Je veux dire... » commença Mme Lim. Mais les mots ne venaient pas facilement.

« C'est comme une impression que j'ai, quand elle me regarde. Je ne sais pas pourquoi, mais ça me donne un frisson, comme si elle cherchait à me dire quelque chose. »

M. Kang n'y croyait pas :

« Quelle idée bizarre, qu'est-ce qu'elle pourrait te dire ? »

Il ajouta, preuve qu'il n'avait rien compris :

« Si Kitty te gêne, tu n'as qu'à la chasser du salon, voilà. »

Il était retourné s'asseoir, et puisque sa femme ne regardait pas le feuilleton, il était passé à un autre programme, les nouvelles politiques du jour servies en boucle et commentées par un journaliste à la moue désabusée.

La nuit, Mme Lim se réveillait avec l'impression de comprendre une partie du mystère, mais cette impression se défaisait lorsqu'elle y pensait sérieusement.

Mlle Kitty n'était pas venue par hasard. Quelqu'un l'avait envoyée. Elle était porteuse de messages, mais ces messages ne signifiaient pas grand-chose, sinon qu'elle allait de l'un à l'autre dans le quartier, et qu'elle commençait à tisser une trame de relations entre des gens qui ne se connaissaient pas.

Puis arriva l'histoire de Mme Yang Yu-Mi, une locataire du sixième étage du bloc B.

Mme Lim la connaissait, parce qu'elle était venue au salon une fois, non pas pour se faire friser, mais pour demander du travail. Son mari avait disparu sans laisser d'adresse, et cette femme cherchait à survivre, parce que son fils unique ne gagnait pas d'argent, ayant été handicapé dans un accident de la rue. Mme Lim avait éprouvé de la compassion pour Mme Yang, mais elle ne pouvait pas l'engager, ni lui trouver du travail. Elle lui avait donné un peu d'argent, que Mme Yang avait pris en remerciant humblement. Depuis, elle n'avait pas eu de nouvelles, mais elle se doutait que la situation de cette femme n'avait pas dû s'améliorer. Et voilà qu'un après-midi vers seize heures, Mlle Kitty arriva dans le salon porteuse d'un message de Mme Yang. Le message était griffonné sur une page de calepin arrachée, en lettres rouges :

J'espère vous revoir dans une prochaine vie, je vous prie.

Yang Yu-Mi, 6e étage, bloc B

À peine lu le message, Mme Lim ferma le salon à toute allure, sans prendre le temps d'éteindre les lumières et d'arrêter les casques. Avec ses employées, elle courut jusqu'au bloc B de *Good Luck !* et elle s'engouffra dans l'entrée. L'ascenseur était en haut de l'immeuble, et il fallut attendre plusieurs minutes. Au moment d'entrer dans l'ascenseur, Mme Lim vit que Kitty était avec elles, qu'elle attendait devant la porte. Elle avait l'air de bien connaître le chemin. Est-ce qu'elle était l'envoyée de Yang Yu-Mi ? Au sixième, Mme Lim hésitait sur la porte à laquelle il fallait frapper. À gauche, à droite, au milieu ? C'est Kitty qui lui montra la porte, et Mme Lim se mit à tambouriner. Elle frappait, puis elle écoutait. Il y avait du bruit à l'intérieur de l'appartement, comme une sorte de plainte, ou un sanglot.

« Ouvrez ! disait Mme Lim. Nous sommes là pour vous, ouvrez votre porte ! »

Un voisin entrebâilla sa porte. « Et si vous appeliez la police ? » dit-il frileusement.

Mme Lim ne fit pas attention à lui, elle continuait à tambouriner à la porte. C'était une porte en contreplaqué, très ordinaire, avec seulement une décalcomanie près de la poignée, qui représentait un dragon, un phénix, quelque chose de ce genre.

« Madame Yang Yu-Mi ! Madame Yang, ouvrez-nous, nous sommes venues vous aider. Je suis la coiffeuse du salon de beauté, je suis là avec mes employées, nous nous sommes déjà rencontrées. Ouvrez, s'il vous plaît ! »

Au bout d'un instant, il y eut un remue-ménage à l'intérieur de l'appartement, et Mme Lim entendit le bruit du loquet. Puis la porte s'est ouverte lentement, comme si la personne à l'intérieur tirait sur quelque chose de pesant. À cet instant, Mlle Kitty s'est faufilée à l'intérieur de l'appartement, et Mme Lim a entendu la voix de Mme Yang qui s'exclamait :

« Ah c'est toi, tu es revenue, merci, merci ! »

Elle comprit que ces mots ne pouvaient s'adresser à personne d'autre qu'à la Voyageuse, à Mlle Kitty, et elle en ressentit un léger dépit, aussitôt oublié.

Mme Lim avait laissé les deux coiffeuses à l'entrée de l'appartement, elle ne voulait pas qu'il y ait trop de témoins. Tout était très sombre à l'intérieur, les stores étaient baissés. Le sol était jonché de journaux, de papiers, des sacs-poubelle empilés dans le petit couloir, et le salon ressemblait à une scène de cambriolage. Rien n'était à sa place, les chaises renversées, des vases à l'envers, des bouteilles de soju et des assiettes sales posées par terre, et près de la fenêtre une couverture en boule indiquait l'endroit où Mme Yang dormait. Mme Lim voulut allumer la lumière, mais il semblait que le compteur avait été fermé, probablement par la compagnie qui n'avait pas été payée. Quand elle se fut habituée à la pénombre, elle aperçut Mme Yang assise sur le sol, le dos appuyé au mur, les mains posées sur ses cuisses, la tête penchée en avant comme si elle lisait quelque chose sur le sol. Si elle n'était pas venue ouvrir en personne, Mme Lim aurait pensé que Mme Yang était morte sur place. À cet instant même, Mme Lim sentit un léger frisson d'horreur parcourir son échine, comme si elle était entrée dans l'antre du surnaturel.

Mme Lim s'est assise à côté d'elle pour lui parler.

« Mme Yang Yu-Mi ! Mme Yang Yu-Mi ! Est-ce que ça va ? »

Mais c'était évident que ça n'allait pas du tout. Il y avait dans l'appartement une forte odeur d'alcool, la pénombre était pleine de quelque chose d'angoissant, de mortel. À la fin, les employées de Mme Lim sont entrées, et à cet instant, Mme Lim a vu que Mlle Kitty sortait de l'appartement, une furtive rayure de couleur jaune qui filait sur le côté.

« Ouvrez le store ! » a commandé Mme Lim.

La lumière est entrée dans la petite pièce, éclairant le désordre, obligeant Mme Yang à baisser la tête pour cacher son visage derrière ses cheveux, comme si le soleil blessait ses yeux. Ses mains étaient très pâles, crispées dans ses cheveux gris.

Le reste de la soirée s'est passé auprès de Mme Yang, les femmes l'entouraient, lui apportaient à boire. Une des employées, la plus âgée, a commencé à ranger le petit appartement, à faire des tas de tout ce qui serait jeté, de tout ce qu'il fallait oublier. Mme Yang s'est laissé faire, elle s'est allongée sur le sol, la bouche ouverte comme si elle reprenait sa respiration après une plongée en eau profonde. Elle n'avait rien dit, rien d'intelligible, mais c'était évident qu'elle avait voulu mourir, en ouvrant le gaz de sa cuisinière, ou bien en avalant du chlore – il y en avait un bidon à moitié plein près de la porte, le bouchon dévissé. Ou peut-être en sautant par la fenêtre, puisque la porte donnant sur le petit balcon était entrouverte. Toute la soirée, et même une partie de la nuit, les femmes sont restées ensemble. M. Kang a téléphoné, il est même venu en visite, pour une fois il semblait assez ému. Il a apporté un petit pot de fleurs pour Mme Yang, des jonquilles à peine écloses, et Mme Yang les a regardées comme si c'était la chose la plus merveilleuse du monde.

Puis, les jours qui ont suivi, la vie a repris, mais Mme Lim n'a pas cessé de venir voir Mme Yang. Finalement elle lui a trouvé un petit travail dans un atelier de couture, non loin de l'immeuble *Good Luck !* C'était comme si les femmes du quartier avaient passé un serment, de ne jamais se laisser sans nouvelles. De rester unies, même si aucune menace ne pesait sur elles. De se parler, de s'envoyer des messages sur leurs téléphones portables, ou même de se rendre de petites visites à l'improviste. La seule tristesse que Mme Lim a ressentie, et ce fut partagé par tous les gens du quartier, c'est qu'à partir de ce fameux soir, quand Mme Yang avait décidé de mourir, Mlle Kitty a disparu. Elle n'est plus jamais revenue au salon de coiffure apporter ses messages. M. Kang a donné une explication : en fin de compte, elle a trouvé un autre endroit, moins agité, avec moins de drames. Les chats aiment leur tranquillité, c'est bien connu. Mais Mme Lim a pensé à une autre raison, un peu folle il est vrai, mais qui expliquait beaucoup de choses : Mlle Kitty, la Voyageuse, n'était pas un chat ordinaire. C'était une déesse, un fantôme, ou quelque chose de ce genre. Si elle avait été chrétienne, elle aurait dit que c'était un ange, ou (si elle avait été noire au lieu de blonde) un démon. Mais elle était plus orientée vers le bouddhisme, et pour elle cela signifiait que Mlle Kitty était véritablement une Voyageuse, elle traversait plusieurs vies, plusieurs mondes, pour réaliser son travail de réparation, peut-être en expiation d'une faute commise dans sa jeunesse, quand elle avait laissé mourir sa sœur cadette de désespoir, Mme Lim se souvenait d'avoir entendu cette histoire, ce n'était pas exactement dans l'immeuble *Good Luck !* ni dans le bloc B, mais on en avait parlé à la télé, ou bien dans les journaux, cette jeune femme, une chanteuse, qu'on avait retrouvée pendue dans son appartement, au milieu du désordre et des bouteilles de soju vides. Mais peut-être bien que c'était seulement une histoire, une de ces légendes qui éclosent dans les quartiers de cette ville où il se passe à chaque minute des quantités de choses, bizarres, belles, ou terribles, à votre choix.

J'avais cessé de venir voir Salomé depuis quelque temps. Je ne l'oubliais pas, mais les études à Yongse et les séminaires que je devais organiser trois soirs par semaine mangeaient mon temps. Je n'avais pas touché à l'enveloppe contenant les billets de 50 000 wons, peut-être parce que je me sentais obligée de continuer ce que j'avais commencé, ou peut-être à cause de la femme qu'on voit sur les billets, cette grande dame à l'air un peu triste qui me faisait penser à Salomé. C'était comme si les billets me disaient : « Ne m'oubliez pas ! Venez me voir ! » Ou même, de sa voix grave : « Ne soyez pas cruelle ! » Le salaire des séminaires suffisait à payer mon loyer, et pour le reste, je me débrouillais, je mangeais principalement du ramyeon et du kimchi. Ma grand-mère prétendait, je m'en souviens, qu'on peut survivre en mangeant seulement du kimchi matin, midi et soir ! C'était, disait-elle, le régime après les années de guerre, quand, pour punir le Jeolla-do, le gouvernement de Syngman Rhee avait mis ses habitants, soupçonnés d'être insurgés communistes, au régime de famine !

Et puis il y avait quelque chose de nouveau dans ma vie. Au cours d'une sortie avec des amies, j'avais revu M. Pak, le jeune homme de la librairie de Jongno, et nous sortions un peu ensemble. J'ai appris son nom, il ne s'appelait pas du tout M. Pak, mais M. Ko, parce qu'il est originaire de l'île de Cheju. Toutefois j'ai continué à l'appeler du nom que j'avais inventé, pour ne pas avoir à rectifier ma mémoire – lui s'était trouvé un nom chrétien, Frederick, en souvenir de Frédéric Chopin, parce qu'il aime beaucoup la musique de piano.

Naturellement, il m'a parlé de Salomé. Il ne la connaissait pas bien, à ce qu'il disait, il l'avait rencontrée en lui apportant des livres qu'elle avait commandés, des romans en anglais et en français, et des livres scientifiques, sur la médecine, sur la psychologie. En parlant avec elle, il avait compris que je pouvais devenir une compagnie, non pas quelqu'un pour lui parler et lui changer les idées, mais quelqu'un qui pourrait partager avec elle le monde imaginaire. Quand on est malade, disait M. Pak, le monde devient entièrement imaginaire – et je crois qu'il n'avait pas tort. Sans que je puisse résister, son visage venait hanter mes jours et mes nuits. J'aimais tout en lui, surtout ses yeux en amande, d'un noir très brillant, bordés de cils réguliers, ses sourcils – je me souvenais que ma mère disait toujours que c'était certainement ce qu'il y avait de plus joli chez un joli garçon, la forme bien arquée des sourcils dessinée comme au trait de charbon. J'aimais la couleur de sa peau, d'un brun presque rouge, et ses cheveux coupés court, j'aimais ses mains longues et fortes, avec le bout des doigts carré – il m'avait avoué un jour qu'il n'avait pas la patience de se couper les ongles en arrondi, et qu'avec des ciseaux il les taillait en trois fois, clac, clac et clac !

Nous avons pris l'habitude de nous voir plusieurs fois par semaine, chaque week-end, ou lorsqu'il finissait son travail à Jongno au début de l'après-midi. Nous choisissions chaque fois le but de la promenade : c'était le bord de l'eau, ou bien les jardins du centre, ou encore, quand il faisait beau, le parc du jardin zoologique, au sud de la ville. J'ai toujours aimé visiter les jardins zoologiques, non pas à cause des animaux qu'on y voit dans des cages – en fait, quand j'étais enfant j'avais, je m'en souviens très bien, fait le serment solennel d'ouvrir un jour les cages de tous les zoos, pour rendre leur liberté à ces prisonniers qui n'avaient rien fait ! Plutôt pour le jardin lui-même, ces allées sinueuses bordées de palmiers et de camélias, pour les gens qu'on y rencontre, les enfants qui courent en criant, les vieilles qui essaient de les rattraper pour leur donner à goûter, et aussi, il faut bien le dire, les couples amoureux qui s'assoient à l'ombre dans les recoins un peu isolés.

Alors j'y allais maintenant, moi aussi, avec un garçon. Nous nous tenions sagement l'un à côté de l'autre, et nous parcourions les avenues, sans parler vraiment, juste le bavardage ordinaire des amoureux qui cherchent à se mieux connaître en échangeant des banalités.

« Frederick, est-il vrai, disais-je (je commençais à l'appeler à présent par son prénom anglais), est-il vrai que les amoureux cherchent toujours les bords de l'eau ?

— Comment savez-vous cela ?

— Je ne sais pas, disais-je. Je n'ai jamais été amoureuse. »

Après réflexion, j'ajoutais :

« Je pense qu'il y a du vrai dans ce dicton, parce que l'eau est un élément romantique. Dans toutes les histoires d'amour, il y a l'eau, la mer ou une rivière, ou bien seulement un lac, ou une pièce d'eau.

— Ça pourrait aussi être une piscine », disait Frederick, pour rire.

Moi, je n'osais pas lui dire que j'avais tout de suite eu envie que Frederick m'emmène au bord de la mer, parce que cette grande ville de Séoul est tellement sèche, rien que des immeubles et des routes, des voitures et des bus.

Nous allions tout de même au zoo jusqu'à l'enclos des singes verts, parce que, même s'ils sont prisonniers, les singes verts semblent s'amuser, se disputer, crier, faire l'amour et voler la nourriture entre eux comme le font les humains. Ils pourraient aussi bien vivre en ville !

Je marchais vers le centre du jardin, j'aurais bien aimé prendre la main de Frederick mais je n'osais pas. Les cris des singes et des oiseaux résonnaient au-dessus des arbres, cela me donnait l'impression de marcher dans un rêve, loin des ennuis de la réalité, loin de la méchanceté de ma tante et de son horrible fille.

Nous avons pris des photos avec le téléphone de Frederick. C'étaient des photos idiotes comme tout le monde en prend, des *selfies* où nous nous tenions joue contre joue, et je faisais le V, le signe du petit cœur, pourquoi, je n'aurais pu le dire. Plus tard, il ajoutait des petits signes sur la photo, des cœurs et des nuages dans lesquels il avait écrit, bien sûr, Sarang. Sur une des photos, il avait écrit la plus jolie chose qu'on m'ait jamais écrite,

Bitna, mon Étoile !

Et je me souvenais de ce que ma mère m'avait raconté, c'était mon grand-père maternel qui avait choisi mon nom, parce qu'il voulait que je brille dans ma vie, au-dedans et au-dehors.

Nous restions dans le jardin zoologique jusqu'à la fermeture, comme ça, juste à marcher dans les allées au milieu des gens, à écouter les cris des enfants, les cris des singes et les cris des perroquets. Je me sentais libre, pour la première fois depuis longtemps. Je faisais des choses idiotes dont je ne me serais pas crue capable, comme me balancer aux portiques, ou bien courir autour des bassins, ou encore chanter à tue-tête une chanson de Gumi, ou d'Ed Sheeran ou de n'importe qui. Lui qui aimait la belle musique au piano, les symphonies et les lieder de Schubert, avait l'air embarrassé, et c'était justement ça qui m'amusait. Frederick était toujours un peu guindé, même quand il s'habillait en jeans et en blouson il avait l'air d'être en complet-veston. Mais c'était ça aussi que j'aimais, je n'aurais pas voulu qu'il devienne comme ces Wang

Ja, ces petits rois qui se parfument et passent leur temps à se laquer les cheveux. M. Pak me rassurait, il avait l'air sûr de lui, sûr de ce qu'il voulait dans la vie. Il était en cela complètement différent de moi, qui ne savais jamais de quoi demain serait fait.

C'est l'argent, je crois, qui a commencé à me préoccuper. Au début, Frederick m'invitait partout, c'était lui qui payait toujours, au restaurant, au café, ou bien dans les taxis. Une fois il m'a posé une question, et je me suis sentie gênée. Il a dit :

« Bitna, comment ça se passe pour toi, pour tes études ? »

J'ai dit :

« J'aime bien les cours de français. »

Il a souri.

« Non, je veux dire, pour l'argent ?

— Ça va, je n'ai pas vraiment de problèmes d'argent. »

Et j'ai menti :

« Ma famille n'est pas très riche, mais c'est elle qui me soutient. Et je complète avec des petits boulots. »

Je n'aurais pas voulu qu'il sache que je ne mangeais que du kimchi, et surtout pas qu'il voie dans quel quartier j'habitais. Je restais évasive :

« J'ai une petite chambre à la cité universitaire, à Yongse, ce n'est pas luxueux mais c'est confortable.

— Pas de colocataire ?

— Ah non, ça, je n'aimerais pas du tout, les étudiantes sont tellement sales et elles ronflent ! »

C'est à cette époque-là que j'ai commencé à inventer ma vie pour M. Pak, pour donner le change. Lui avait une vie si réglée, il habitait chez ses parents dans un joli quartier, il préparait des examens de droit en même temps que son travail de vendeur à Jongno. Il allait bientôt acheter une auto, c'était le cadeau de ses parents pour son diplôme à l'école de droit.

Alors je devais ressembler à ce qu'il imaginait de moi, une jeune fille de la bourgeoisie, père fonctionnaire, mère professeur dans un collège privé, rien à voir avec le Jeolla-do ni avec les pêcheurs. Enfin, je lui ai tout de même parlé de ma grand-mère, venue du Nord, qui avait perdu son mari pendant la guerre, et qui s'était réfugiée à Pusan.

Ce n'était pas des mensonges. C'était pour moi comme la suite des histoires que je racontais à Salomé, pour voir ses paupières s'alourdir de sommeil, ou pour faire battre son cœur.

Nous avions cette relation un peu étrange, où nous ne parlions jamais de notre vie réelle. En fait je ne savais rien de lui. Lorsque nous nous quittions, il prenait un taxi, il me déposait devant l'université où j'étais censée habiter, et lui continuait. Il ne donnait pas l'adresse devant moi. Un peu pour le taquiner, et un peu aussi par curiosité – les filles sont toujours un peu curieuses et *nosy* à l'excès –, une fois je lui ai dit :

« Emmène-moi jusque chez toi, je voudrais voir ton quartier. »

Il a eu l'air embarrassé.

« Ce n'est pas une bonne idée, j'habite loin, et on risque de me voir avec toi. »

Cette réponse m'a fait un petit pincement au cœur. Il a dû s'en rendre compte parce qu'il a essayé d'expliquer :

« Ce sont mes parents, ils connaissent beaucoup de gens dans le quartier, tu sais comme les langues s'agitent dès qu'il y a quelque chose à dire. »

Je n'ai pas beaucoup aimé cette explication. J'aurais préféré qu'il m'invite à rencontrer ses précieux parents – même si de toute façon j'aurais refusé d'y aller. Mais j'ai coupé court :

« Bon, bon, tu n'as pas besoin d'expliquer, je comprends très bien. »

En revanche, je ne lui ai jamais parlé de mes histoires de famille. J'ai juste mentionné une fois le Jeolla-do, et j'ai omis de parler de ma tante et sa fille Paek Hwa. L'idée même qu'il puisse les rencontrer un jour me semblait absurde. L'appartement où j'avais vécu avec elles me donnait l'impression d'un nid de scorpions.

Nous avons continué à sortir ensemble, M. Pak et moi, pour de grandes balades à travers la ville. Il aimait bien les monuments, nous avons visité les vieux temples en haut des collines, et aussi les musées. Bien que je n'aie jamais été vraiment intéressée par l'architecture, j'écoutais patiemment ses explications sur les encorbellements et les imbrications de vieilles tuiles. Nous finissions les promenades par des visites dans les cafés de Hongdae ou de Sinchon, ceux qui comportaient une terrasse parce que Frederick voulait allumer une cigarette. J'ai repris l'habitude de fumer avec lui. Nous achetions des cigarettes mentholées, celles qu'il faut pincer entre le pouce et l'index pour libérer l'essence de menthe dans le tabac.

Nous buvions du café très noir. Pour moi, le café et le tabac étaient les symboles de ce garçon, non seulement à cause de la couleur de ses yeux et de sa peau, mais aussi parce qu'il y avait en lui quelque chose d'obscur et d'amer qui me fascinait. Nous restions à la terrasse des cafés, sans nous occuper du va-et-vient ordinaire des étudiants du quartier, à fumer et à siroter nos cafés, presque sans parler. J'aurais aimé plus d'intimité, mais lui s'y refusait. Sans doute par peur d'être vu. De la même façon, bien que nous fussions devenus plus proches – nous avions commencé à flirter sérieusement dans les jardins, ou sur les bancs au bord du fleuve –, Frederick refusait que nous nous tenions par la main. Nous ne devions jamais extérioriser nos sentiments, c'était son idée de la vie en couple. « Les autres n'ont pas besoin de savoir », disait-il.

De même, c'était lui qui imposait son calendrier de rencontres.

« Pas demain, ni après-demain, je serai pris, disait-il.

— Et si moi je ne peux pas en dehors de ces jours-là ? »

Il me regardait sans émotion.

« Alors ce sera la fin. »

C'était à moi de céder, et de modifier mon emploi du temps. J'ai manqué de ce fait plusieurs séminaires, et j'étais sous la menace de perdre la rétribution qui allait avec.

Lui n'expliquait jamais les raisons de ses refus. Il travaillait – évidemment, moi ce n'était pas le même genre de travail, je n'avais pas d'obligations d'équipe. Je n'avais pas à faire la comptabilité, ni à participer aux inventaires de la librairie. Il m'a expliqué un jour :

« Je fais ce travail comme une expérience. Mon but c'est la finance, je veux entrer dans un grand groupe, chez Samsung, chez LG, ou bien chez Hyundai. Je ne vais pas passer ma vie avec les livres. »

Cela me blessait un peu, puisque moi je n'aurais rien aimé davantage que de passer ma vie avec les livres.

J'avais délaissé Salomé depuis de longues semaines. Elle m'envoyait des messages sur mon téléphone, d'abord légers, pour dire : « *J'ai besoin de M. Cho Han-Soo et de ses pigeons* » ou bien « *N'importe quelle histoire, vite !* » Puis de plus en plus désespérés : « *N'oubliez pas votre Kim Se-Ri, elle en mourrait !* » et « *Contez-moi un conte, un conte à m'endormir pour toujours !* »

Les sorties avec Frederick coûtaient cher, j'avais besoin d'argent, et la propriétaire du studio réclamait trois mois d'arriérés. Malgré tous mes beaux principes, j'avais épuisé en restaurants et en sorties l'argent des enveloppes, les beaux billets de la dame triste. Je ressentais une sorte d'impatience maintenant, je ne m'apitoyais plus du tout sur le sort de cette dame à 50 000, ni sur qui que ce soit. La vie dans cette grande ville était semblable à ce grand orphelinat que j'avais visité avec une des étudiantes du cours d'anglais, où des dizaines de bébés attendaient comme sur un marché d'être achetés par une famille riche en manque de descendance – et qui ferait très attention à ne pas adopter un trisomique ou un enfant de drogués.

J'ai répondu à l'appel de Salomé, j'ai choisi le jour où Frederick Pak était absent, et je suis allée au sud de la ville.

Troisième histoire contée à Salomé, juillet 2016

Dans la grande salle de la maternité, les bouts de chou sont alignés, chacun dans son berceau. Pour l'heure, c'est encore le sommeil, rien ne bouge. Derrière la baie vitrée embuée par les respirations, l'infirmière Hana s'est un peu endormie sur sa chaise. Dehors, il fait encore nuit, cela se voit au bleu qui teinte les fenêtres grillées. Mais la grande salle est en pleine lumière, une douzaine de barres de néon dont certaines clignotent, en bout de course, diffusent un bain blanc et froid.

Naomi est arrivée ici, un matin de juillet 2008. C'est Hana qui a trouvé Naomi en entrant à la maternité du Bon Pasteur (c'est le nom anglais de cette institution charitable). Hana prend son service à six heures du matin, elle s'est arrêtée en métro à la station Hongdae, elle a remonté les ruelles vers le haut de la colline. À six heures, les rues sont encore désertes, encombrées de cartons et de bouteilles vides laissés par les noceurs qui ont passé la nuit dehors. Hana est habituée à cet état de choses, elle ne grogne plus comme elle le faisait au début : maudits étudiants, ils vivent comme des chiens, sans lois ! Quand elle est arrivée devant la porte du Bon Pasteur, la première chose qu'elle a vue c'est ce tas de chiffons posé par terre, elle s'apprêtait à le pousser du pied vers le caniveau quand le tas de chiffons s'est mis à bouger et qu'elle a entendu de petits cris, assez semblables à ceux que ferait une portée de chatons. Elle s'est penchée avec précaution sur les linges, elle les a écartés du bout des doigts, au cas où il y aurait un animal prêt à griffer et à mordre, et elle l'a vu : un minuscule bébé, la peau bien rose, les yeux fermés, avec une touffe de cheveux très noirs. C'était Naomi.

Bien sûr elle ne s'appelait pas encore Naomi. Naomi, c'est Hana qui a trouvé ce nom, parce qu'elle ne s'est jamais mariée, elle n'a jamais pu avoir d'enfant, et elle a toujours pensé que si elle avait eu un enfant, ç'aurait été une fille, et elle l'aurait appelée Naomi.

Il y a un mois que Naomi est arrivée. Maintenant, elle a ouvert les yeux et elle vit dans son berceau, au milieu de la nursery, avec les vingt-six autres bébés. C'est elle la plus belle, disent les employées de la maternité, et Hana est d'accord avec elles. Les autres bébés sont d'âges différents, certains sont là depuis six mois, d'autres sont arrivés après Naomi. Il y a des garçons et des filles. Certains sont handicapés, cela se voit déjà malgré leur jeune âge. Tous ont été abandonnés par leurs mères, pour diverses raisons, la plupart parce que la maman était très jeune, encore presque une enfant, et qu'elle ne pouvait pas s'occuper d'un bébé, ni surtout affronter la honte d'avoir mis au monde un enfant en dehors des liens du mariage. Chaque jour, des parents viennent en visite dans la maternité, en vue d'adopter un bébé. Ils n'ont pas le droit de choisir, ni même d'approcher. Ils se contentent de rester derrière une grande baie vitrée qui donne sur la nursery, ils regardent les berceaux et ils écoutent les cris des bébés. Peut-être qu'ils espèrent ressentir un appel, rien qu'à regarder les petits lits et à écouter les pleurs des bébés, à deviner comment sera l'enfant plus tard. Hana a placé Naomi au centre de la salle, le plus loin possible de la baie vitrée, dans l'espoir que les parents adoptifs ne la verront pas, ne remarqueront pas sa voix, ne seront pas séduits par sa peau rose et ses jolis cheveux si noirs.

Que voit Naomi ? Elle ne bouge pas encore sa tête, trop lourde, collée sur le drap froid du matelas. Mais ses yeux sont grands ouverts, sur les nuages de lumière qui passent au-dessus d'elle, parfois très blancs, qui cachent tout dans leur volute mouvante, parfois à peine visibles, un tulle, une gaze légère qui s'éparpille dans la salle et scintille de ses millions de gouttelettes suspendues dans l'air. Mais Naomi est la seule à les voir. Ce qu'elle sent aussi, c'est la présence des autres bébés. Il y en a beaucoup, mais le nombre ne veut rien dire pour elle. Ce sont tous ces cris, ces pleurs, et puis aussi les haleines, l'odeur de sueur ou d'urine, l'odeur un peu âcre des enfants qui tètent, l'odeur qui trace un damier sur le plafond, sur les murs, même sur le sol invisible, et puis autre chose, ça ressemble à une onde, à un cri, à une couleur, mais ce n'est rien de tout cela, cela va et vient, traverse l'espace de Naomi, glisse sur le corps de Naomi, sur son visage fermé, sur son ventre, à l'intérieur de ses mains et de ses pieds. Une vague, peut-être. Naomi sent la présence de tous ces corps autour d'elle, même quand ils ont cessé de crier et de pleurer, même quand ils sont retombés dans le sommeil à cause de la fatigue, même quand ils se font oublier, Naomi sait qu'ils sont là, c'est une vibration à l'intérieur de son corps, qui lui dit qu'elle est une fille, la fille d'une femme, lancée dans le monde à partir d'aujourd'hui, et que jamais elle ne le quittera un instant pendant le reste de sa vie, toutes ces années qu'il faudra vivre, oui, jusqu'au bout du bout, jusqu'au dernier instant.

Naomi, petite Naomi, écoute-moi, souris-moi, je suis là pour toi, ma chérie.

C'est Hana qui est penchée au-dessus du lit, elle plonge son regard dans les yeux très grands et très noirs, où le blanc est encore bleu de la nuit d'avant la naissance.

D'où viens-tu, petite Naomi ? Est-ce que tu t'en souviens ? Est-ce que tu pourras le dire un jour ? Qui t'a jetée dans le monde, puis t'a abandonnée au seuil du Bon Pasteur, enveloppée dans un tas de vieux linges propres mais qui ne faisaient pas une robe ni même un lit, qui t'a posée là dans le petit matin glacé du printemps qui arrive, avec le pollen des fleurs de cerisier qui se pose sur tes lèvres et l'odeur âcre de l'herbe qui pousse dans le parc ? As-tu vu passer dans le ciel blanc les grues qui viennent de Sibérie et traversent la mer jusqu'au Japon ? Elles avancent lentement, la plus vieille en tête, en escadrille parfaite, et tu écoutes alors leurs cris creux qui résonnent sur toute la ville, jusque dans le fond des ruelles de Sinchon et de Hongik, jusque dans ta cachette au pied de l'immeuble gris. Est-ce que tu t'en souviens, petite Naomi ? C'est le début de ta vie, tu ne peux pas oublier cela. Tu n'es pas née à l'hôpital comme les autres bébés, tu es née quelque part dans la ville, dans un jardin peut-être, ou bien sur le toit plat d'une maison, au milieu des cartons et des draps qui sèchent. Tu as crié en même temps que ta mère qui te mettait au monde, puis tu es venue ici, sur le seuil de la maternité, pour que je te trouve, moi, Hana, et que je te fasse mienne.

Mais Naomi n'écoute pas. Elle est encore dans l'autre monde, celui d'avant la naissance, que les humains emportent avec eux, attaché à leur cordon, à leurs membres, à leur sexe, un monde si vaste et si inconnu que l'esprit ne peut le concevoir, parce que l'esprit est juste ce petit bout de chair et que le temps et l'espace lui sont attachés encore quelques instants, quelques jours, quelques semaines, comme si par un orifice minuscule on pouvait apercevoir le commencement de l'infini.

Écoute ma voix, c'est la première voix que tu as entendue, car ceux qui t'ont emportée pour te déposer au seuil de la maternité l'ont fait en silence, ils avaient si peur qu'un jour tu ne t'en souviennes, tu ne reconnaisses leurs voix et tu ne leur cries : Misérables, qu'avez-vous fait ? Pourquoi m'avez-vous abandonnée ? Ma voix quand je t'ai trouvée, tout de suite je t'ai prise dans mes bras, moi, Hana, déjà vieille et qui n'ai jamais pu avoir d'enfant, dont le ventre est sec et stérile et les seins vides comme de vieilles outres ridées. Ma voix, j'ai chanté quand je t'ai prise, pour te bercer dans mes bras, j'ai chanté une chanson sans paroles, celle que ma mère m'a chantée quand je suis née, je m'en souviens, la chanson que je lui ai demandée quand nous avons quitté le Sud pour venir dans cette grande ville et que j'avais peur de me perdre.

Elle continuait sans paroles, comme ceci : Lu lulu lulu, lu, lu lulu lu lu, lu, lululu lululu, lu… Très doucement, en arrondissant la bouche, pour que les mots ressemblent au roucoulement des pigeons sur le toit, ma colombe, pour que tu t'en souviennes, pour que tu saches qu'il y a eu quelqu'un déjà, dans la rue froide, dans le vent du printemps, dans l'odeur de l'herbe du parc, dans le nuage blanc des cerisiers en fleur, dans le frôlement des gouttes de la pluie ce matin-là.

Après cela, la grande salle de la maternité a reçu la petite Naomi.

On a roulé un nouveau lit sur le carrelage, un lit avec quatre parois de toile, un matelas dur sur lequel le drap était tendu comme la peau d'un tambour. Naomi a été posée sur le lit, elle a crié, et tous les bébés ont crié avec elle, elle a entendu tout d'un coup les voix humaines, c'était effrayant et en même temps c'était le commencement d'une aventure, tous ces bébés abandonnés par les filles mères désespérées, par les pères absents ou timorés, par les familles aveuglées d'égoïsme et de vilenie, par les institutions, par les lois, par les habitudes. Des bébés pareils à de petits animaux gloutons et féroces, déjà attachés à la vie de tous leurs membres, de tous leurs nerfs.

Salomé n'a pas aimé cette histoire. Elle attendait une suite, une intrigue, quelque chose qui satisferait son appétit. Ou peut-être que cela lui rappelait sa propre histoire, que ses parents l'ont abandonnée, ils lui ont légué une fortune considérable, puis ils ont mangé du poison pour rejoindre leurs ancêtres.

« Pourquoi ne sait-on rien de ces bébés ? Ils sont bien nés d'une maman ? Elle les abandonne pourquoi ? Et qu'est-ce qu'ils vont devenir ?

— Vous voudriez bien savoir, n'est-ce pas ? »

Tout d'un coup j'ai compris que je détenais un pouvoir sur elle, un peu comme Frederick en avait un sur moi. C'était un sentiment à la fois agréable et venimeux, l'impression de céder à une tentation, à un vice. Pour en être sûre, j'ai ajouté :

« Si vous n'aimez pas mes histoires, nous pouvons arrêter maintenant. »

Salomé a baissé la tête. J'étais son seul lien avec le monde extérieur, un lien gratuit, immatériel, rien à voir avec le ballet habituel des aides-soignantes et des infirmières qui changeaient ses couches, la douchaient, lui donnaient la becquée et l'aidaient à se coucher. Elle a murmuré :

« Non, s'il vous plaît, restez, contez-moi ce que vous voudrez. »

Alors j'ai continué l'histoire de Naomi.

Dans son petit lit froid, elle restait la plupart du temps silencieuse. Lorsque les bébés se mettaient à crier, un, puis l'autre, puis trois, puis dix, puis toute la chambrée, hurlant, leurs petits visages fermés comme des poings, leur gorge ouverte en cris stridents, la peau devenant rouge sombre, les infirmières se précipitaient, elles couraient le long des allées, incapables de rien faire, passant de l'un à l'autre, tâtant les couches, vérifiant les matelas pour voir s'il n'y avait pas une épingle oubliée, puis se bouchant les oreilles pour ne pas devenir folles.

Ce qu'elles ne savaient pas, c'est que c'était elle qui avait lancé l'appel aux cris. Quand tout était silencieux, non pas la nuit, parce que dans la maternité la nuit n'a pas cours, mais juste la lumière tamisée provenant des veilleuses le long des plinthes, elle ressentait l'angoisse monter en elle, l'angoisse des bébés qu'on abandonne comme on noie les petits chats.

Alors elle poussait un cri, un seul cri, mais strident, méchant, un appel au secours, ou un cri de rage, et toute la pouponnière se réveillait et enchaînait en pleurant, jusqu'à ce que les soignantes et les infirmières, et même les sages-femmes, arrivent en courant.

La vieille Hana, elle, savait. Elle a vite compris, par instinct, ou parce qu'elle avait été la première à entendre son cri, quand elle l'avait ramassée sur le seuil de la maternité, au petit matin. Mais elle ne l'a pas trahie. Elle la comprenait, c'était son bébé à elle, à personne d'autre, elle ne pouvait pas accepter que ces étrangers arrivent, la figure enfarinée, et l'emportent dans leurs belles maisons de Gangnam, ou bien dans leurs appartements de luxe au bord du Hangang. C'est elle qui a inventé le bruit qu'elle était un enfant anormal, qu'elle était sourde, ou mongolienne, ou encore qu'elle souffrait d'attaques nerveuses. Lorsque les candidats à l'adoption venaient de l'autre côté de la vitre, et qu'ils repéraient son berceau, parce que de loin ils avaient vu qu'elle avait beaucoup de cheveux et la peau bien rose, Hana s'interposait : « Vous savez que ce bébé n'est pas comme les autres, n'est-ce pas ? On vous l'a dit au bureau des adoptions ? » Si ces gens insistaient, « Mais on lui donnera beaucoup d'amour parce qu'elle en a besoin plus que les autres », elle répondait : « Cet enfant ne parlera pas, ne vous sourira jamais, en fait nous ne sommes pas très sûrs encore si elle peut voir, il semble qu'elle ait un problème de ce côté-là. » Hana a continué à repousser les candidatures, jusqu'au jour où la direction a décidé qu'on ne pourrait plus garder Naomi, qu'elle causait trop de troubles dans la maternité, et qu'à cause d'elle beaucoup d'autres bébés n'avaient pas été adoptés. Qu'allait-on faire d'elle ? Il était question de la confier à une institution d'État pour enfants handicapés. Hana a préparé son plan. Elle a annoncé qu'elle devrait bientôt quitter le service, pour retourner dans le Sud, afin de s'occuper de sa mère. Quelques jours avant la fin de son service, elle a réussi à prendre la garde de nuit, la garde de une heure du matin à six heures, elle a rassemblé tout ce dont elle aurait besoin les jours suivants. Cette nuit-là, Naomi a décidé de frapper un grand coup. Elle est restée calme pendant de longues heures, et toutes les infirmières de garde se sont endormies sur leur chaise, devant l'écran de télévision. Puis, à cinq heures trente exactement, Naomi a poussé le cri le plus strident, le plus atroce qu'elle ait jamais émis. Le branle-bas a commencé, tout le monde courant dans tous les sens, les yeux bouffis de sommeil, cherchant à interrompre le vacarme des bébés en train de hurler tous en chœur. Hana a profité du désordre pour envelopper Naomi dans une couverture, elle a filé en douce, elle a poussé la grande porte, et dehors, elle a vu le taxi noir qui l'attendait, ses feux allumés, elle en a ressenti une grande joie. Elle a ouvert la porte de l'auto, elle s'est assise sur la banquette arrière, en serrant dans ses bras la petite Naomi. « On va où ? » a demandé le chauffeur. Hana a répondu seulement : « Tout droit ! » Quand la voiture a démarré, Hana s'est calée contre le dossier de la voiture, elle a écarté un pan de la couverture. La lumière du jour naissant n'était pas suffisante pour qu'elle en fût certaine, mais il lui a semblé que Naomi souriait.

Suite de l'histoire de M. Cho et de ses pigeons, août 2016

C'était un entraînement presque militaire. Chaque matin, à l'aube, M. Cho prenait son triporteur, avec deux ou trois cages contenant des couples de pigeons. Il choisissait avec soin un emplacement, d'abord près de la rivière, pour entraîner les pigeons à traverser le fleuve d'une traite, sans s'arrêter aux îlots ou sous les piles des ponts. Le matin, au lever du jour, le grand fleuve ressemblait à un serpent de nuages, la brume venait de la mer et remontait l'estuaire. Du côté de Incheon, les pigeons apprenaient à voler au-dessus des étendues d'herbes rouges, que l'eau de mer envahissait lentement à la marée montante.

À la patte de Dragon noir, M. Cho avait accroché le message enroulé, qui disait des mots isolés, dont lui seul connaissait la signification, comme :

mer

île

vent

aile

retour

et, à la patte droite de Diamant, il accrochait des messages doux, pleins d'amour,

infini

longtemps

caresse

et aussi le nom de sa femme, Seon Hee Han.

M. Cho pense souvent à elle, elle est morte là-bas, dans l'île, quand il était encore dans la police. Comme il ne gagnait pas beaucoup, elle travaillait comme *ttaemiri*, dans un sauna, à masser et exfolier la peau des femmes du village.

C'est pour elle que M. Cho a commencé son aventure avec les pigeons. Il se souvient qu'elle avait dit, un jour qu'il l'interrogeait sur sa grand-mère : « Il faudrait être oiseau pour retourner là-bas. » C'est évident. Les miradors, les barbelés n'empêchent que les animaux terrestres et les êtres humains. Les oiseaux et les insectes, et peut-être même les serpents et les grenouilles, ne se laissent pas arrêter par les frontières. C'est avec l'argent de Seon Hee Han qu'ils ont pu élever tous ces pigeons, M. Cho aurait bien voulu qu'elle entre dans son rêve, lui montrer qu'il était possible d'envoyer un jour un message à sa famille restée de l'autre côté. Mais elle est morte avant que cela ne se réalise.

Après les essais au-dessus du grand fleuve, M. Cho pensa qu'il fallait en réaliser en montagne. Là-bas, de l'autre côté de la frontière, se trouvaient de hautes montagnes enneigées, des pics aigus et des crevasses profondes, qui étaient des obstacles infranchissables à quiconque ne savait pas bien voler. Pour les premiers entraînements, M. Cho conduisit ses pigeons jusqu'au sommet de la montagne de Bukhansan. Le triporteur étant un peu essoufflé – il datait de l'époque où M. Cho s'était lancé dans le portage de légumes et de fruits du marché vers les centres urbains –, M. Cho jugea plus prudent de recourir aux services d'un taxi. Il négocia le prix, pour un transport le matin de bonne heure, et le retour en fin de journée. Le chauffeur, nommé M. Li, était comme M. Cho un ancien policier, aussi cela se fit en toute confiance, pour un prix très raisonnable. La seule exigence de M. Li fut que les oiseaux voyageassent dans le coffre, quitte à ne pas le fermer complètement, pour éviter les mauvaises odeurs et les plumes à l'intérieur de son véhicule. M. Cho accepta sans hésiter : « Les pigeons ne sont pas frileux, un peu d'air leur fera du bien », dit-il. Cette fois il avait préparé des messages plus explicites, pour le cas où un des oiseaux se perdrait en montagne, et serait recueilli par un habitant des environs. Ça disait à peu près :

Salut ! Mon nom est Dragon noir, je porte un message à remettre exclusivement à mon maître, M. Cho.

Suivait l'adresse. Il aurait bien ajouté le numéro de téléphone de sa fille, mais il avait peur que celle-ci ne soit pas d'accord que son numéro personnel puisse tomber entre les mains d'inconnus, et qu'elle se moque encore de lui à cause de sa marotte.

Donc, un matin d'avril, de bonne heure, le taxi de M. Li déposa M. Cho au sommet de la montagne. Le vent était froid, mais au-dessus de la brume le ciel brillait d'un bleu sans tache.

« Venez, mes chéris, disait M. Cho à son couple de pigeons. Vous allez connaître le vol dans l'air le plus pur de ce pays, loin de la ville. » Il entrouvrit d'abord la cage, pour habituer les oiseaux à leur mission. En même temps, il roucoulait au fond de sa gorge, rrrrrou rrrrou, pour les rassurer. Il sortit d'abord Diamant, la tint serrée dans ses deux mains, en soufflant doucement sur son bec, et elle se débattait un peu, parce qu'elle avait senti l'odeur délicieuse de l'air, les bois de pins au soleil, les petites plantes grasses entre les pierres, et peut-être même l'odeur de la neige, une odeur calme que seuls les oiseaux peuvent sentir. L'instant d'après, M. Cho marcha jusqu'au muret qui dominait le paysage, et il lança Diamant dans le ciel. Il la regarda s'envoler très haut, passer devant le soleil levant, puis tourner au-dessus des arbres. Le bruit de ses ailes remplissait l'air immobile. Tout de suite après, M. Cho libéra Dragon noir, et celui-ci s'éleva verticalement, dans un froissement de plumes pressées, et rejoignit sa compagne.

Les deux oiseaux se retrouvèrent dans le ciel, et ils se mirent à tournoyer l'un autour de l'autre, si proches et si rapides que M. Cho craignit un moment qu'ils ne se fracassent sur les rochers. Puis il ferma les yeux pour mieux ressentir ce qu'ils ressentaient, comme un ouragan de lumière et de vent, faisant tourner la montagne au-dessous d'eux, tressant les fils de nuages blancs et gris.

Salomé ferme les yeux, elle aussi. Elle a tendu la main et je l'ai serrée dans les miennes, comme si je pouvais faire passer à travers la peau le goût de l'air en haut de la montagne, le bruit du vent dans les pins, le froissement des ailes des pigeons. Elle frissonne, parce que sa maladie a décuplé les terminaisons de ses nerfs, et que le moindre souffle qui passe sur elle fait vibrer toutes ses cellules. C'est Yuri, ma copine médecin, qui m'a parlé la première fois du Syndrome douloureux régional complexe : « À un certain point de la maladie, la moindre sensation devient une souffrance intolérable, il faut avoir recours aux calmants. » Elle a dit cela avec toute la froideur médicale, mais ici, dans la pièce aux rideaux tirés contre la lumière, étouffée de silence, il me semble que je perçois ce que Salomé ressent, une sorte de vague électrique sur sa peau, dans son corps, et jusqu'à la racine de ses cheveux. Je murmure : « Pardon, Salomé, je ne voulais pas te faire du mal, je peux m'en aller si tu veux. » Elle ne répond pas, mais sa main se recroqueville et ses doigts aux ongles crochus s'agrippent à moi et m'entrent dans la chair, et ses lèvres minces deviennent bleues.

La vague électrique dure un long moment. Peu à peu elle s'alanguit, elle se retire au fond du corps de Salomé, et je sens en moi-même une certaine fatigue, cette sorte d'engourdissement qui remplace la douleur.

Voilà, c'est le moment de mon histoire, je ne l'ai pas inventée, cela m'est arrivé.

J'ai décidé de la raconter à Salomé, parce que, à un certain point, je suis lassée de ce qui est trop parfait. Bien sûr, Salomé est gravement malade, elle ne peut plus bouger de son fauteuil, elle porte des couches, et sa peau est un papier rêche marqué de rougeurs et de bleus. Son odeur aussi, que j'ai du mal à accepter. Avant elle, je ne savais pas que les gens malades ont une odeur. C'est une odeur un peu acide comme celle des vieux, je connais bien l'odeur des vieux parce que j'ai fait longtemps des massages à ma grand-mère quand j'étais enfant. Mais chez les vieux, l'odeur est plus douce, un peu comme celle des fleurs fanées. Salomé, elle, sent une odeur forte, âcre, une odeur de bête, mêlée à la sueur. Son infirmière a beau lui verser dans le cou des litres d'eau de Cologne, l'odeur surnage et remonte à la surface. Parfois j'ai envie de lui dire : « Salomé, tu sens mauvais. » Je ne le lui dis pas, non par égard, ni parce qu'elle me paie – après tout je ne suis pas sa servante, je suis sa conteuse. Non, c'est plutôt par orgueil, parce que je crois que je n'ai pas le droit de me plaindre, et que je ne pourrais rien changer. Ou je reviens chez elle, ou je n'y viens plus. Mais à quoi bon papoter ?

Cependant, l'odeur est en moi profondément. Quand je rentre chez moi, dans le petit appartement en sous-sol, j'ouvre le vasistas au ras de la rue, même s'il y a des sacs d'ordures qui attirent les rats et les cafards. Je m'allonge sur le matelas à même le sol, et l'odeur revient, elle emplit la pièce, elle emplit mes narines. Je me suis même demandé si ce n'est pas moi qui fabrique cette odeur. Je mets ma tête sous un drap, et je m'endors en serrant les poings.

C'est comme ça qu'est venu le meurtrier *wannabe*.

Histoire d'un apprenti meurtrier, fin août 2016

En ce temps-là, j'habitais encore le quartier au-dessus d'Ewha, des petites rues grimpant la colline, occupées par des immeubles de deux étages plutôt sordides. C'était le nom que j'avais donné au quartier, d'ailleurs. Quand les amies de l'université me demandaient où j'habitais, je répondais : « Le nom du quartier, c'est El Sordido. » Ç'aurait bien pu être le nom de l'immeuble, même s'il n'avait pas de nom, juste un numéro, du genre 203 Dong 1002 Ho. Construit en briques et en blocs, avec des fenêtres en métal et des portes idem, un escalier sans lumière presque à la verticale. Le premier était occupé par un restaurant de seolleongtang, l'étage supérieur par un salon de massage. Moi j'avais droit au demi-sous-sol, avec une seule fenêtre, un vasistas au ras de la rue, souvent obstrué par les sacs-poubelle. Les premiers temps j'avais livré un combat désespéré (c'était moi qui étais désespérée) contre un gros rat qui avait pris ses habitudes dans mon logement. Il circulait par les bouches d'aération et avait forcé la grille. J'ai remplacé la grille par un carreau de bois, mais il le rongeait chaque nuit. J'ai mis un morceau de plâtre, qui n'a pas résisté à ses dents. En dernière solution, j'ai acheté chez un brocanteur un morceau de zinc, que j'ai cloué dans le mur, mais les nuits qui ont suivi ont été un enfer, parce que le gros rat (je l'avais appelé Fat Boy, sans être sûre que ce n'était pas une Fat Girl) essayait de forer un passage à travers le zinc, et le bruit de ses incisives sur le métal faisait une musique stridente qui me tenait éveillée jusqu'au matin. Le même brocanteur s'est apitoyé sur mon sort :

« Contre les rats il y a un seul remède », m'a-t-il dit.

J'ai pensé qu'il parlait de poison.

« Non, le poison, votre rat connaît bien, il n'y touchera pas, et c'est dangereux pour les enfants. »

Il m'a donné des tessons de bouteille de soju enveloppés dans un journal.

« Vous pilez ça, et vous le mélangez à des boulettes de riz. Il mangera et il crèvera. »

C'était cruel comme remède, mais j'ai pensé que c'était le rat ou moi. Quelques nuits après, je n'ai plus entendu parler du rat, et j'ai imaginé qu'il était allé mourir dehors, dans un coin obscur.

Le rat, c'était un début. Parce que, quelque temps après, j'ai été victime d'une attaque plus dramatique. Je dormais sur mon matelas quand j'ai été réveillée par une présence bizarre. J'ai pensé à un mauvais rêve, mais quand j'ai tourné la tête vers la fenêtre soupirail, j'ai cru que mon cœur allait s'arrêter. De l'autre côté de la vitre, un homme accroupi me regardait. J'avais imaginé que personne ne pourrait me voir, étant donné la situation du soupirail, au ras de la rue, et pour cette raison je n'avais pas mis de rideaux. C'était le plein été, il faisait une chaleur étouffante, et j'avais entrebâillé la fenêtre. Je pouvais distinctement entendre la respiration de l'homme, et même voir les deux halos de buée que faisaient ses narines collées à la vitre.

Je ne sais pas combien de temps je suis restée paralysée à regarder la silhouette de cet homme, comme dans un mauvais rêve où l'on n'ose même plus respirer, puis le cri est sorti de ma gorge, j'ai crié de toutes mes forces, à m'en rendre sourde dans la petite chambre, et l'homme s'est enfui. Qu'est-ce que je pouvais faire ? Me plaindre à la police ? Mais il ne s'était rien passé et je n'avais même pas de signalement à donner. Juste une silhouette, tassée à ma fenêtre, le bruit de sa respiration, l'impression de son regard. Je ne pouvais pas en parler, même pas au brocanteur, est-ce qu'il avait aussi un remède pour se débarrasser d'un *stalker* ? Les nuits suivantes, j'ai calfeutré la fenêtre avec des pages de journaux scotchées sur la vitre, j'ai même placé l'unique fauteuil de la chambre contre la poignée de la porte, mais je n'ai pas pu dormir. De temps à autre, quand je m'assoupissais, j'entendais distinctement frapper au carreau, de petits coups rapides, impatients, je m'enfonçais sous mon drap pour ne plus entendre.

Et puis ça n'était plus seulement la nuit. Maintenant, quand je sortais de ma cave pour aller aux cours, ou pour travailler à la bibliothèque, j'avais l'impression d'être suivie. Le quartier El Sordido était parfait pour ça : ces petites rues qui dégringolaient vers la station de métro, les recoins obscurs, les entrées de garage ou les cours intérieures, tout me paraissait louche, et je voyais des silhouettes suspectes partout. Je courais sans me retourner, je virais à gauche, à droite, puis je m'arrêtais, pour regarder en arrière dans le reflet de la vitrine de la pharmacie. La silhouette noire était là, derrière moi, un homme grand et fort, aux épaules tombantes, vêtu d'un pantalon en tire-bouchon et d'un T-shirt gris, la tête engoncée dans un bonnet de laine malgré la chaleur. Maintenant je connaissais chaque détail de sa personne, sans l'avoir jamais vu en face. La panique passée, j'avais décidé de contre-attaquer, en repérant le maximum d'éléments de signalement. Pour la taille, j'avais évalué la hauteur d'une affichette collée à un poteau électrique et, toujours dans un reflet de vitrine, j'ai vu qu'il dépassait la marque d'une dizaine de centimètres, ce qui lui donnait environ un mètre quatre-vingts. Pour son poids, c'était plus incertain, j'ai choisi de me faufiler entre des cartons déposés sur le trottoir, et j'ai vu qu'il ne pouvait pas suivre le même chemin et avait dû descendre sur la chaussée. Son âge aussi était incertain, mais il était capable de courir, ou de marcher à grands pas, et j'étais sûre qu'il était dans la force de l'âge, c'est-à-dire redoutable.

Pourquoi m'avait-il choisie ? Sans doute m'avait-il trouvée longtemps avant que je m'en rende compte, quand j'étais arrivée dans ce quartier maudit, dans ce sous-sol d'immeuble, quand j'avais fui l'appartement de ma tante. Mais pourquoi s'obstinait-il à me suivre ? Pour le dérouter, j'ai changé mes habitudes. Jusque-là je me couchais tard, je restais longtemps à lire et à étudier dans la chambre avec la lumière allumée, et quand je me réveillais, il était déjà près de midi, la journée était déjà entamée depuis longtemps. Alors j'ai commencé à éteindre ma lumière tôt, pour faire croire que je dormais, et je me suis habituée à me réveiller très tôt, quelquefois j'étais dehors à six heures du matin, je n'avais rien mangé, je n'avais même pas pris le temps de me brosser les dents, je sortais dans les habits de la veille, je ne m'étais pas changée, ni coiffée, je voulais avoir l'air pitoyable, pour que personne n'ait envie de m'adresser la parole. Au début, j'ai cru qu'il avait compris, qu'il renonçait. Puis, au moment de descendre les escaliers du métro, je me suis retournée, et il était là, en haut de la ruelle, les mains dans les poches, toujours son bonnet de laine enfoncé sur sa grosse tête ronde, et j'ai même vu qu'il souriait. Et ce sourire m'a envoyé un frisson entre les épaules, comme si de loin il avait glissé un couteau sur ma peau.

Salomé écoute mon histoire sans broncher. Je crois qu'elle ressent la peur, elle aussi, peut-être qu'elle n'y avait jamais pensé jusque-là, que quelqu'un pouvait suivre une fille dans la rue, sans lui parler, sans l'approcher, juste pour le plaisir de faire naître la peur. Je m'en veux de lui raconter tout cela, de troubler son attente, est-ce pour me venger d'elle, de son monde si douillet et si protégé, malgré sa maladie, ce monde où l'argent ne manque jamais, où les infirmières se succèdent à heures régulières, pour son service, et auquel j'appartiens maintenant puisque je suis engagée à lui parler ? Ou bien est-ce parce que je veux la punir d'être comme elle est, sans défense, enveloppée de son odeur de mort ? Je lui dis :

« Désolée, je ne devrais pas vous raconter tout ça. Je vois bien que vous n'aimez pas mon histoire. »

Elle proteste, ses joues tout d'un coup sont en feu, ses yeux brillent.

« Non, non, Bitna, je vous en prie. »

Elle ajoute :

« C'est une histoire, n'est-ce pas ? Ça n'existe pas ? »

Un instant, je suis tentée de lui dire :

« Qu'est-ce que vous croyez, que je suis capable d'inventer un meurtrier ? »

Je me reprends : « Non, non, Salomé, bien sûr que c'est une histoire, comme celle de Mlle Kitty, la chatte qui porte des messages, et de M. Cho avec ses pigeons. » Mais j'ai hésité et Salomé a tout de suite meublé le vide entre sa question et ma réponse, peut-être que dans le fond, comme moi, elle voudrait croire que ce n'est pas vrai et en même temps elle espère en savoir plus, parce qu'il y a toujours une vérité cachée dans un mensonge.

La saison des pluies est arrivée brutalement, avec des trombes d'eau qui passaient sur la ville, et même des rivières dans les rues, c'était la première fois pour moi, parce que dans le Jeolla-do, lorsqu'il pleut, la terre absorbe tout de suite les ruisseaux et les mares, mais ici, dans le quartier de Sinchon, c'était un peu la fin du monde. Le ciel roulait de gros nuages qui cachaient le haut des immeubles, les carrefours étaient noyés, des geysers jaillissaient des bouches d'égout. Chaque jour, pour aller à l'université, ou pour donner mes cours de langues, je devais affronter le désastre. Pas question d'avoir un parapluie. J'avais emballé mon sac à dos dans plusieurs sacs en plastique, et je m'abritais comme je pouvais sous un ciré de marin (c'était tout ce qui me restait du temps du marché aux poissons de ma jeunesse !). Pour marcher dans les rues, j'ôtais mes chaussures et je les portais à la main. L'avantage d'avoir grandi dans un village, c'est qu'on y prend l'habitude d'aller pieds nus, tandis que je voyais mes collègues de l'université trébucher sur leurs hauts talons noyés par la boue, ou glisser dans leurs tongs, en battant des bras comme des oiseaux sur la banquise. J'ai toujours aimé marcher pieds nus sous la pluie, sentir l'eau glisser entre mes orteils, je retrouvais les sensations de mon enfance. Cette saison fut un répit pour moi, car la silhouette de mon *stalker* avait disparu. Sans doute n'aimait-il pas être mouillé, ou bien, moins habile que moi, il n'arrivait plus à me suivre dans les rues et les ruelles transformées en torrents.

J'ai cessé de voir M. Pak durant cette saison-là, ça s'est fait comme ça, sans y avoir pensé, il devait me téléphoner et ne l'a pas fait, je devais venir le voir à la grande librairie un samedi après-midi et, au lieu de cela, je suis allée toute seule au cinéma voir un thriller. C'était comme si l'absence du *stalker* avait motivé la disparition de mon amoureux. Ou comme si les deux n'étaient que les deux faces d'un même personnage, un homme dominateur et narcissique, un peu égoïste, d'un côté, et un inconnu dangereux et cupide de l'autre.

Je n'ai pas revu Salomé depuis quelque temps, je ne lui ai pas téléphoné. À cause de la saison des pluies sans doute. Et puis la préparation des cours de français élémentaire pour l'université. J'ai accepté le travail, bien que cela soit payé une misère. C'est Youn Ja, la « *bitch* », qui m'a offert ce travail. Ce n'est pas très légal, parce que je n'ai pas les diplômes, mais je lui ai fait croire que j'avais vécu longtemps en Afrique, et que je parlais comme une indigène. Et puis ça l'arrange bien, parce qu'elle a décidé avec son mari d'avoir un enfant et qu'elle a entrepris toute la batterie des tests. Bien sûr, à quarante ans, c'est la limite, mais je ne compatis pas du tout. D'abord parce qu'elle est, et elle restera la « *bitch* », toujours arrogante et sûre d'elle-même, de la fortune familiale (son père possède la plus grande fabrique de galettes de riz soufflé de Séoul, et commence l'export vers les pays africains), ensuite parce qu'elle ne me donne qu'une petite partie du salaire de l'université pour prendre sa place. Je sais que je pourrais menacer de la dénoncer, mais qu'est-ce que j'y gagnerais ? Elle resterait à sa place, grâce à l'argent de papa, et moi j'aurais la réputation d'être la « *bitch* » – celle qui mord en traîtresse, celle qui n'a pas de reconnaissance. Donc, je suis restée tous les jours à l'université pour préparer les cours et les quiz, pour télécharger les illustrations et les chansons populaires – Dalida, Hervé Vilard, et celui que j'aime toujours, Alain Souchon. Cela corsera un peu le répertoire de Youn Ja la *bitch*, qui se limite à *Tombe la neige* d'Adamo.

Quand j'ai téléphoné à Salomé, pour mettre fin à ses messages, elle avait vraiment une toute petite voix.

« Comment ça va, Salomé ?

— Mal. très mal.

— Ah ? Je suis désolée. »

Il y a eu un silence épais. Je pouvais deviner le bruit de sa respiration, un froissement aigu, dans le genre d'un vent qui passe dans les aiguilles de pin. J'imaginais la chaleur dans sa chambre, la lumière du soleil sur les rideaux tirés, l'odeur de la sueur sur les habits de Salomé. Cela me faisait un petit pincement au cœur, comme une chose que l'on connaît trop, mais dont on a besoin.

« Je peux venir vous voir maintenant. »

J'ai dit ça sans y penser vraiment. Tout de suite, j'ai senti le soulagement que ces mots causaient à Salomé, comme un soupir, ou bien elle respirait plus facilement. C'était simple après tout. À toute action, une réaction. Ç'aurait même pu être un mensonge, juste pour l'expérience. Cruel, mais ces derniers temps, j'avais appris à être cruelle. Comme M. Pak, qui donnait des rendez-vous où il ne se rendait pas, ou téléphonait sans laisser de message. D'une cabine téléphonique, ou d'un numéro interdit, celui de la librairie par exemple. Ça ne servait à rien d'essayer de le rappeler.

« Quand ?

— Maintenant, si vous voulez.

— Alors prenez un taxi et gardez le reçu pour que je vous rembourse.

— Mais je n'ai pas l'argent pour le taxi.

— Alors je vous commande le taxi, vous êtes où ?

— À l'université.

— J'appelle le taxi. »

Une minute après :

« Le taxi sera là dans quinze minutes. À la porte de l'université.

— OK. »

J'ai été impressionnée de voir le changement qui avait eu lieu dans le corps de Salomé depuis quelques semaines. C'était comme si le temps, qui pour moi marchait normalement, heure après heure, jour après jour, nuit après nuit, pour elle s'était mis à galoper. Son visage était toujours beau (j'avais toujours pensé qu'elle ressemblait à un dessin de Dante Gabriel Rossetti, avec le pont du nez un peu fort, les arcades des sourcils qui dessinaient l'ombre où brillait son regard, et sa frange de cheveux noirs coupée bien droite aux ciseaux) mais l'expression était étrange, un peu figée, comme si quelque chose d'effrayant guettait, et qu'elle ne pouvait s'en défaire. Elle était tassée dans son fauteuil, avec sa couverture sur les genoux malgré la chaleur.

Elle m'a accueillie avec un sourire forcé.

« *Long time no see*, a-t-elle dit.

— Pas si longtemps », ai-je commencé. Mais elle n'écoutait pas, elle a eu un geste impatient.

« Je n'ai pas envie d'entendre ça. Je veux que vous me disiez la fin des histoires. »

Sa voix était altérée aussi, il y avait un voile sur ses cordes vocales. Elle respirait vite, la bouche entrouverte, et l'air chaud sifflait entre ses dents, je croyais entendre un bruit de moteur à vapeur, mais c'était seulement la forge interne de ses poumons qui travaillait.

« Et l'assassin présumé ?

— Il a disparu… provisoirement.

— Comment ça, disparu ? Ces gens-là ne disparaissent jamais complètement. »

Elle me regardait d'un air ironique. J'allais dire une banalité, au sujet de la pluie qui fait tout disparaître, mais son regard m'en a empêchée. J'ai pensé qu'elle savait ou qu'elle soupçonnait quelque chose que je n'avais pas compris.

« Mais je n'ai pas besoin de cette histoire », dit-elle.

J'ai commencé le cérémonial, allant chercher dans le buffet les petites tasses et les sous-tasses, les sachets de thé, et la théière *salam-tea* que son père lui avait rapportée d'Angleterre. J'ai appuyé sur la détente pour mettre en marche la bouilloire, j'attendais, debout devant la fenêtre. À travers le rideau de tulle, je voyais la rue vide, le ciment de la chaussée qui brillait de pluie, et les plantes. Ce carré dans le mur, c'était tout ce que Salomé pouvait voir du monde. Même le ciel était hors d'atteinte, caché par les hauts immeubles.

« Dépêchez-vous ! »

C'était la première fois que Salomé me donnait un ordre, mais sa voix démentait ses paroles, parce que c'était bien plutôt une plainte, exhalée entre ses lèvres minces, tremblante dans le souffle.

Je me suis assise en face d'elle, non pas dans un fauteuil, mais sur la petite chaise basse – une chaise de couturière – qui me permettait d'être en face d'elle, comme à ses pieds. C'était la pose du conteur, je crois, et ça me plaisait bien. Je me souvenais chaque fois de la sœur de mon père, en fait c'était sa demi-sœur, plus âgée, nous l'appelions Gomo, je crois bien que c'était son nom. Quand elle racontait ses histoires, je m'installais par terre à ses pieds, et je laissais ses doigts caresser mes cheveux doucement.

Fin de l'histoire de M. Cho pour Salomé, fin août 2016

La vérité, ai-je dit (un peu solennellement je crois), c'est qu'il y a toujours une fin à tout, même aux histoires les plus incroyables. Même M. Cho savait cela. C'est pourquoi il avait longtemps retardé le moment de laisser partir ses voyageurs, son cher Dragon noir et sa femme Diamant, vers l'autre côté de la terre.

Peut-être qu'au fond de lui il redoutait l'épreuve finale. Il y avait si longtemps qu'il attendait ce moment, celui du retour au pays natal. Depuis qu'il était enfant dans l'île de Ganghwa-do, avec sa mère, et qu'elle lui chantait la fameuse ballade de l'Arirang, le soir, les yeux tournés vers la ligne de brume qui masquait l'autre rive de la grande rivière Han. Il s'en souvenait bien, il s'en est souvenu presque chaque soir de sa vie, à l'heure où la lumière décline, comme une prière.

« Un jour, un jour, nous passerons la rivière, nous passerons les montagnes, et nous serons à nouveau chez nous. » C'était ce que sa maman lui chantait, quand il était enfant, en le berçant, et il s'endormait, et il rêvait qu'il volait jusque de l'autre côté. Peut-être qu'il était le seul à s'en souvenir. Quand il en avait parlé à celle qui allait être sa femme, Seon Hee Han – mais elle avait toujours préféré son prénom anglais, Nancy –, elle se moquait de lui. Au début gentiment : « Tous les petits garçons rêvent d'aller au ciel avec leur maman ! » Puis, au fil des ans, c'était devenu une raillerie grincheuse et aigrie : « Eh bien vas-y donc voir, si c'est si bien de l'autre côté. On dit qu'il faut se dépêcher d'enterrer les morts avant qu'ils ne les mangent, tellement ils ont faim là-bas ! » Il avait compris qu'elle n'entrerait plus dans son rêve, et il n'en avait plus parlé.

M. Cho a senti que l'heure était venue. Depuis la mort de sa femme, il avait vécu dans la préparation du voyage de retour. À présent, il n'y avait plus personne pour s'opposer à ses fantaisies, et sa fille avait grandi, elle s'était mariée à un employé de bureau au service des immigrants (pour la plupart chinois), elle n'avait plus le temps ni l'envie de critiquer son père. Il pouvait bien faire ce qu'il voulait avec ses pigeons, elle s'en moquait.

D'autre part, M. Cho sentait bien qu'il fallait prendre la décision pendant qu'il était encore temps. Bien qu'il se sentît encore très robuste pour un retraité – et son emploi de surveillant dans l'immeuble *Good Luck !* lui laissait pas mal de loisirs –, il comprenait que les années qui lui restaient allaient devenir de plus en plus courtes. Un jour, il n'aurait plus la force d'entreprendre un pareil voyage.

Vers la fin des années 60, la guerre était finie depuis longtemps, mais on parlait régulièrement des problèmes à la frontière. Il y avait eu une échauffourée entre les soldats du Sud et les soldats du Nord dans la DMZ, à Goseong, à Euji. Il n'y avait pas eu de morts ni de blessés, mais des tirs à balles réelles avaient eu lieu, et même quelques éclats de mortier. Tout cela pouvait recommencer n'importe quand.

M. Cho ne pouvait rien laisser au hasard. Il décida alors un entraînement spécial pour ses oiseaux. Il avait d'abord pensé à un tir de pétards, comme ceux qu'on jette au moment du Nouvel An. Mais la pétarade de ces petits objets lui parut ridicule. Il ne s'agissait pas de faire peur à des moineaux, il était question du plus grand, du plus périlleux voyage que ses pigeons avaient jamais entrepris.

C'est ainsi qu'il décida de prendre un bus pour le sud de la ville, jusqu'à un quartier proche du jardin zoologique, puis de monter par la route sinueuse au milieu des bois de pins. Là, dans une clairière se trouvait le centre d'entraînement de tir. Ayant observé les lieux, M. Cho décida que le mieux était de se poster un peu à l'est du stand, sur une éminence, dans un endroit où personne ne pouvait le surprendre.

L'heure était encore matinale, et le centre venait d'ouvrir ses portes. Vers midi, M. Cho lâcha les pigeons, d'abord Pinson et sa femme la Renarde, puis Président et la Voyageuse, et la Mouche, suivi de sa femme Cigale. Les détonations des pistolets et des fusils retentissaient dans le ciel bleu, il y avait une odeur de poudre qui flottait dans l'air. Quand le feu devint nourri, M. Cho prit dans la cage délicatement Dragon noir, il lui caressa longuement le jabot, parce que c'était lui son héros, celui qui accomplirait la tâche. Puis il le jeta vers le ciel, dans la direction du stand de tir, et aussitôt après Diamant s'élança à son tour, traçant un grand cercle au-dessus des pins.

Jusqu'au soir M. Cho attendit le retour des oiseaux. Les explosions des fusils dans la forêt de pins avaient recouvert tous les autres bruits, on n'entendait ni les voitures sur l'autoroute proche, ni le grincement des cigales. M. Cho pensait à ce que sa mère avait entendu, quand elle courait dans la campagne avec son garçon accroché dans un châle dans son dos, tandis que les rafales des fusils-mitrailleurs et les obus se déchaînaient, et qu'elle titubait dans l'eau des rizières à Pohang-dong, à Masan, c'était la fin de l'été, il y a très longtemps, en 1950, M. Cho n'était encore qu'un petit enfant à la mamelle mais il lui semblait reconnaître chaque chuintement de balle, chaque onde de choc des obus explosant dans la terre.

Vers le crépuscule, la brume commençait à couvrir le ciel, M. Cho aperçut les oiseaux. Ils tournaient en rond, deux couples séparés par quelques coups d'ailes seulement, à la recherche de leur maître. Les explosions des fusils s'étaient tues. Les cigales avaient recommencé leur concert, par vagues, montant et descendant au diapason des bruits des autos sur la route.

M. Cho donna le signal, frappant dans ses mains, et les pigeons se rapprochèrent, d'abord les femelles, puis les deux mâles, qui se posèrent sur la terre sèche au milieu des pins. Ils avaient volé toute la journée mais ne semblaient pas fatigués. Quand M. Cho les prit dans ses mains, il sentit que leurs petits cœurs battaient encore très vite, du rythme de l'excitation de cette longue journée de liberté au-dessus des collines. M. Cho les remit, l'un après l'autre, dans les cages, sans leur donner à manger, juste un peu d'eau dans les godets accrochés aux barreaux. Lui-même n'avait rien mangé et rien bu de la journée, comme pour accompagner les pigeons dans leur épreuve. Il ressentait une grande fierté, parce que ses créatures avaient surmonté l'épreuve, et qu'à présent plus rien ne s'opposerait à la réussite du voyage de retour à la terre natale.

Salomé s'était étirée un peu sur le fauteuil, sans bouger les bras et les jambes, simplement en relaxant ses muscles. L'expression d'angoisse avait disparu de son visage, elle souriait presque.

« Alors, quand est-ce qu'ils vont partir pour de bon ? » demanda-t-elle.

J'ai dit : « Demain. » J'aurais pu dire, tout de suite, mais la lumière avait décliné au-dehors comme dans l'histoire, la pluie avait cessé, et j'ai décidé que ce serait demain, pour elle, pour moi, et pour M. Cho.

Demain est arrivé.

C'est le grand jour du départ pour M. Cho. Il a loué les services d'une camionnette du marché, et lui et ses pigeons ont embarqué pour la dernière aventure, de l'autre côté de la frontière. Il connaît bien l'endroit, c'est là qu'il a grandi avec sa mère, quand ils sont revenus du Sud après la guerre, en 1956. C'était l'endroit le plus proche de là où il est né, juste de l'autre côté de l'estuaire de la rivière Han. La mère de M. Cho a voulu s'installer là, dans ce village isolé, parce que ainsi elle avait l'impression de communiquer avec sa famille restée là-bas, avec son mari disparu, avec son grand-père, avec tous ceux qu'elle avait perdus. Elle parlait quelquefois à son fils de la vie d'autrefois, quand ils vivaient dans le verger de poiriers, et qu'ils ne manquaient de rien. Du père de M. Cho elle ne parlait pas beaucoup, parce qu'il n'avait été qu'un ouvrier agricole, mais c'était un bel homme, grand et fort, avec une jolie voix, pour chanter les ballades à la mode, et c'est comme ça qu'il l'avait séduite et qu'il lui avait fait un enfant, mais sa famille à elle le méprisait. Quand la guerre a éclaté, il s'est enfui pour rejoindre les troupes nordistes et elle n'a plus jamais entendu parler de lui. Alors elle a choisi de partir avec l'enfant, elle a traversé le fleuve sur un radeau, et elle a voyagé jusqu'au Sud, vers Pohang-dong. Maintenant les souvenirs revenaient dans la tête de M. Cho, surtout la chanson de l'Arirang, et ses yeux se remplissaient de larmes tandis qu'il ouvrait, l'une après l'autre, les cages des oiseaux.

« Allez, volez haut dans le ciel, jusqu'à mon pays natal, jusqu'à la ferme enfouie dans le creux de la vallée, vous la reconnaîtrez, grâce aux belles plantations de poiriers, vous porterez mes lettres à ma famille, à mes neveux et à mes nièces, à mes cousins et mes cousines, vous leur direz que Cho est toujours vivant, vous leur donnerez les mots que j'ai écrits pour eux, là-bas, de l'autre côté du fleuve, les mots d'espoir et d'amour, les mots de joie et de rires, les mots de bonheur ! »

Salomé a fermé les yeux, dans la lumière chaude et douce de l'après-midi. Elle écoute les mots de M. Cho, elle écoute le bruit du vent dans les ailes des oiseaux, le froissement des rémiges, le vent qui les soulève au-dessus de l'eau sombre du grand fleuve, les rides qui frissonnent sur l'eau comme sur la peau d'un animal, l'odeur de la prochaine terre qui se rapproche, les bruits des champs, les éclats de voix, les rires des enfants.

Écoute, le vent vient de la mer, le vent clair du matin, respire et sens le vent sur la peau de ton visage, Salomé, tu voles très haut dans le ciel, vers le nord, vers l'autre rive du monde, c'est ton dernier voyage, avec Dragon noir, avec Diamant, avec les autres, le vent t'enivre, le vent éblouit tes yeux et coupe ton souffle, mais tu continues à voler, tu vas droit vers la fin de ton voyage, tu écartes les bras et tu sens le vent sur ton corps, tu ne pèses plus rien, tu es une plume dans le vent, une feuille, un pétale de fleur, et en dessous de toi le fleuve avec ses îles te pousse vers le haut, vers le nord, vers le pays du retour.

Salomé continue de fermer les yeux, pendant que je parle de plus en plus bas, de plus en plus lentement. Elle ouvre ses mains, elle sent l'air entre ses doigts, elle respire le vent, elle goûte le sel de la mer et le miel des prairies fleuries, les longues tiges des eulalies qui ondulent dans le vent, le feuillage des arbres, les haies brillantes des camélias, et tous les chemins qui se croisent, non pas des routes, mais des sentiers bordés de murs de pierres, et les toits de tôle bleue des villages, ce sont les mots qui la transportent, elle n'a même plus besoin de les entendre, ils naissent dans son esprit comme des fusées qui s'éclairent.

Les pigeons volent tout le jour jusqu'à la tombée de la nuit, par-dessus des vallées et des collines, par-dessus les rizières jaunes et les champs de colza, par-dessus les usines et les gares de triage, par-dessus les villages gris, les terrains d'aviation, les lacs et les rivières. Et quand la nuit arrive, les pigeons reconnaissent l'endroit où leur maître est né, l'étroite vallée encastrée entre deux montagnes, où poussent les arbres fruitiers. Alors ils tracent un dernier cercle dans le ciel, et ils se posent sur les toits des maisons, un couple, puis un autre, un autre encore, ils sont tous là, aucun ne manque, aucun ne s'est perdu. Ils marchent sur le toit de la grange, et leurs ongles crissent sur le métal, et dans leur gorge commence le roucoulement de la paix, leur petite chanson douce et triste, leur salutation d'amour avant l'accouplement.

Salomé ferme les yeux, entend les voix des habitants de la ferme, d'abord les cris des enfants, ils ont repéré les pigeons sur le toit de la grange, ils appellent : Ho-ho-ho ! Et les adultes viennent, l'un après l'autre, des femmes en tablier de travail, des hommes au visage basané par le soleil, ils sont grands, ils ont des épaules puissantes, des mains endurcies par le travail. Tous ils sont arrêtés devant la maison en ciment, ils regardent ces oiseaux qu'ils n'ont jamais vus auparavant. Puis l'un d'eux place une échelle contre le mur, il grimpe lentement, avec précaution, et quand il saisit Dragon noir, l'oiseau se laisse faire, il est tellement fatigué par le voyage qu'il ne peut pas se débattre. À terre, tout le monde entoure l'oiseau, et à cet instant Diamant arrive à son tour, dans un frou-frou d'ailes, elle se pose à côté de son mari, et les autres couples viennent à leur tour, et les enfants les prennent dans leurs mains en riant. C'est alors qu'une petite fille du nom de Mi-Sun s'exclame : « Regardez, il y a une lettre accrochée à la patte ! » Elle montre le petit rouleau de papier, que l'homme déroule et que la femme déchiffre à voix haute, juste ce mot : avenir. C'est un mot secret, qui bondit de lèvres en lèvres, tandis que les autres papiers sont déroulés, l'un après l'autre, avec leurs messages en un seul mot. Quelqu'un a mentionné le nom d'espion, un nom qui fait peur, et chacun s'écarte d'un pas, mais le pigeon picore tranquillement les grains de riz que Mi-Sun lui a apportés, et qu'il partage avec les oiseaux. C'est le milieu de la journée, le soleil du début de l'hiver brûle à travers la brume. Les pigeons sont arrivés là, guidés par un ordre mystérieux et évident, ils parlent de l'autre monde, de l'autre côté de l'estuaire de la rivière, un monde qui cesse d'être étranger. Ils marchent sur la terre, au milieu des habitants de la grande ferme collective des poiriers. C'est la fin de leur voyage. Demain, ou dans quelques jours peut-être, Mi-Sun et les enfants vont écrire un mot sur la feuille de papier, l'enrouler autour de la patte droite de Dragon noir, et ainsi avec tous les pigeons, juste un mot, comme félicité, ou amour, ou bonheur, puis ils prendront les oiseaux dans leurs mains et ils les lanceront vers le ciel, dans la direction du retour.

Salomé est renversée dans son fauteuil, la tête un peu inclinée, ses yeux sont pleins de larmes, mais elle ne sait pas si c'est de joie ou de détresse. C'est la fin d'une histoire, la fin d'un voyage.

Je prends sa main, je la serre longuement, sa main est chaude et sèche, fiévreuse.

Je pars doucement, sans dire au revoir. C'est l'heure des soins, l'infirmière est debout devant la porte du salon, son tablier blanc luit dans la pénombre, quelque chose d'une apparition. M. Cho a réalisé son rêve, il est de retour, il ne désire plus rien d'autre, car pour lui le monde est parfait. Mais ici, mais pour nous autres qui vivons ailleurs, rien n'est vraiment achevé. Le bonheur n'existe pas. Juste quelques rêves, quelques paroles. Juste le vent de la mer qui bouscule les plumes des oiseaux pendant qu'ils traversent l'estuaire.

Et la réalité assassine.

La saison des pluies nous a laissées fatiguées, Salomé et moi, comme si toute cette eau coulant dans les rues et s'évaporant sur le ciment surchauffé des routes nous avait lavées et récurées, tordues et jetées, vidées de nos forces.

J'avais décidé de déménager une fois de plus, le logement en demi-sous-sol était devenu plus qu'insalubre, la pluie avait fait surgir des taches suspectes sur les murs, et le gros rat qui avait renoncé un moment à m'envahir était revenu en force, aidé de ses copains, il poussait tous les soirs sur la plaque de zinc que j'avais vissée dans le mur, et j'entendais distinctement le grincement de ses dents, il me semblait qu'il avait digéré la pâte de farine de riz et de verre pilé et qu'il revenait pour me faire entendre en reproche le bruit de ses dents en train de broyer les dernières miettes de verre, un bruit de revenant ! J'avais vu aussi des cafards courir dans la salle de bains (en fait juste une douche surplombant des W.-C. à la chinoise), et comme le dit le dicton bien connu, quand tu vois un rat c'est qu'il y en a dix, et quand tu vois un cafard c'est qu'il y en a cent ! Je n'avais plus envie de les compter !

Par une amie de ma mère, j'ai eu l'adresse d'un logement à louer à l'autre bout de la ville, tout à fait au sud, en fait je ne sais même pas si c'était encore la ville ou si c'était déjà la campagne, il fallait plus d'une heure de métro pour arriver à la station Oryudong. J'ai préparé ma valise à roulettes, mon sac à bandoulière et mon sac à dos, que j'avais bourrés de toutes mes affaires, draps, vêtements, et même un petit oreiller en forme de lapin que m'avait donné ma mère quand j'avais quitté notre village de Jeolla-do. Je suis partie tôt un matin, avant que le quartier ne se réveille, pour ne pas risquer d'être vue par le proprio à qui je devais trois mois de loyer, ni par le terrible *stalker* (bien que celui-ci ait totalement disparu depuis la saison des pluies, peut-être qu'il avait fondu comme un bonhomme de neige au soleil). Je partais sans laisser d'adresse ni de regrets. Je crois que les mois que j'avais vécus dans ce quartier El Sordido avaient été les pires mois de ma vie.

Le nouveau quartier m'a plu parce qu'il ressemblait un peu aux rues de mon village, laides et droites, sans magasins de fantaisie, mais sans nids à rats non plus. L'immeuble en brique était longé par une avenue plantée de petits arbres rachitiques, j'avais un appartement au deuxième étage, au-dessus d'un restaurant de nouilles froides, ce que la propriétaire, une dame nommée Ahn So-yong, me présenta comme un avantage : « À toute heure du jour, et même le soir, tu peux descendre de ma part et ils te donneront à manger. Et ça ne te coûtera presque rien. »

Autant à El Sordido je n'avais connu personne, évitant les voisins et surtout le propriétaire avide de dollars, autant à Oryu-dong j'ai eu tout de suite de bons voisins, et même des amis. C'étaient des gens modestes pour la plupart, sauf mon voisin du dessus qui était professeur de maths dans un collège à côté de Sungkonghoe University. Il y avait un cordonnier, dont la boutique était dans un conteneur en métal installé près du pont, des femmes de charge dans des hôtels meublés, des mères de famille, des petits fonctionnaires dans les bureaux à Shindorim ou à Yeongdeungpo-kucheong. Comme ils partaient tôt pour leur travail, et les mamans pour accompagner leurs enfants à l'école, les matinées étaient très calmes, et je pouvais dormir jusqu'à midi (j'ai toujours adoré la grasse matinée, c'était un des sujets de dispute avec mon père, parce que pour le marché aux poissons il fallait se lever avant l'aube).

J'aimais bien aussi ma station de métro nouvelle. À partir de Hapjeong la ligne 2 du métro était aérienne, survolait la rivière, à Dangsan passait sous les grands immeubles, et à Shindorim, la ligne 1 sortait de terre pour survoler les quartiers plus populaires, des maisons de trois étages mal construites, serrées les unes contre les autres jusqu'à Oryu-dong, je voyais des quartiers différents, très différents, les immeubles modernes, les grands parcs, les rues animées, puis de nouveau de petites maisons en brique avec des toits de tôle, jusqu'à Oryu-dong. Là, je devais descendre des escaliers et passer sous la voie ferrée, et j'aimais bien ce grand carrefour avec toutes ces avenues, et ce pont en fer boulonné. J'avais l'impression de voyager quelque part en Amérique, j'imaginais le pont de Brooklyn ressemblant au pont d'Oryu-dong, et les avenues et les rues pareilles à celles des quartiers populaires de New York, du Bronx ou du Queens. Même le nom d'Oryu me plaisait, il me faisait penser à un nom de quartier de Tokyo (une autre capitale que j'aimerais bien connaître !).

J'ai très vite pris mes habitudes. Je me sentais tout d'un coup, pour la première fois, très libre ! Je n'avais de comptes à rendre à personne, et j'étais très loin de ma tante et de sa délicieuse Paek Hwa ! Elles ne risquaient pas de me rendre visite ! Pour mes cours de français élémentaire à Hongdae, j'ai réussi à négocier un arrangement avec Youn Ja, mon exploitrice : je continuerais à assurer mes cours du matin, mais je pourrais passer la nuit dans son bureau. Elle a un peu hésité au début, parce que ce n'est pas très autorisé par l'administration, mais le garde des bureaux avait l'habitude de se coucher de bonne heure pour pouvoir regarder les feuilletons dans son lit à la télé, et après neuf heures j'avais l'édifice pour moi toute seule, ce qui me permettait d'aller me doucher et d'utiliser les sanitaires sans risquer de rencontrer qui que ce soit. J'ai acheté un *yo* au marché de Seodaemun, que je pliais chaque matin et que je rangeais dans l'armoire de Youn Ja. Pour les aliments la petite cuisine au bout du couloir comportait un micro-ondes et une bouilloire, c'était tout ce qu'il me fallait pour manger mes ramyeons et boire mon café le matin, avant les cours (le ramyeon, c'est pire que tout à cause des épices et du sel et c'est ce que mangent les pauvres étudiants !). Tout cela marchait à la perfection, et c'est pourquoi je dis que je ne me suis jamais sentie aussi libre de ma vie.

J'ai bien aimé donner des cours de français. La plupart des étudiants (des étudiantes il faudrait dire car, dans le groupe de dix-huit, il n'y avait qu'un seul garçon, un peu efféminé même) s'étaient inscrits pour ajouter des points à leur cursus, leurs majors c'étaient les maths, les sciences naturelles, la physique, ou même la philosophie. Je travaillais avec un livre de textes appelé *La Joie de lire* – un titre pour enfants de la maternelle plutôt que pour l'université. Il y avait aussi des exercices de grammaire, et des textes de théorie parfaitement inintelligibles. L'un après l'autre, chaque étudiant devait lire les textes en ânonnant, et modifier les temps des verbes ou formuler les phrases à l'interrogatif, au négatif et à l'interro-négatif.

Il me semble que le bateau se dirige vers l'île.
Il ne me semble pas que le bateau se dirige vers l'île.
Le bateau, me semble-t-il, se dirige vers l'île ?
Ne me semble-t-il pas que le bateau se dirige vers l'île ?

Tandis que les étudiants planchaient sur les problèmes de syntaxe, je me laissais aller à la douce rêverie sur les mots, ce que j'ai toujours bien aimé faire. J'imaginais, par exemple, le bateau sur la rivière

Han, en train de glisser lentement au fil de l'eau, sans moteur, juste guidé par un homme à l'arrière muni d'une très longue rame, s'approchant sans bruit de l'île aux canards (c'était mon île préférée sur le fleuve) dans le miroitement tranquille de l'eau traçant ses remous, avec par moments des éclosions de bulles venues de la profondeur, et je pensais au bateau sur lequel la mère de M. Cho, Han-Soo, avait traversé le fleuve avec le bébé et le couple de pigeons, il y avait plus de cinquante ans, et les canards étaient déjà là, ils n'avaient pas fui les bombardements, pour eux un avion, un camion ou un bateau à moteur c'était sans doute la même chose.

C'est pendant les cours, dans les moments de silence, ou quand les étudiants lisaient les textes avec des voix forcées, essayant en vain de restituer les sons de cette langue où le *p* et le *b* sont différents, où les mots changent au pluriel, où il faut placer sa langue juste sous les orifices internes du nez dans la bouche pour prononcer les sons extraordinairement nasillards – alors je commençais intérieurement une histoire nouvelle, que je rapporterais bientôt à Salomé, pour la voir ouvrir ses yeux, et l'entendre respirer plus fort. C'est comme cela que j'ai inventé le personnage de Nabi la chanteuse.

Histoire de Nabi la chanteuse, pour Salomé, septembre 2016

Elle est arrivée à Séoul très jeune, à l'âge de douze ans je crois, elle était une jolie fille de la province de Gangwon-do, d'une petite ville du nom de Yeongwol. Son vrai nom c'était Kwon Hyang Su, son prénom était prédestiné puisqu'il veut dire le « parfum de l'eau » – mais aussi la « nostalgie ». Elle n'avait jamais rien aimé d'autre que chanter, depuis qu'elle était toute petite. Elle accompagnait sa grand-mère à l'église chrétienne, et très vite elle avait fait partie de la chorale, elle chantait les hymnes religieux en frappant dans ses mains et en se déhanchant, ce qui plaisait bien aux fidèles, surtout aux garçons, mais beaucoup moins à sa grand-mère, une vieille dame de l'ancien temps, très stricte et autoritaire.

« Ne te tortille pas comme ça pendant que tu chantes, tu dois savoir que le diable est partout, même dans la maison de Dieu. »

Mais Nabi ne l'écoutait pas. Chaque fois que l'hymne commençait, elle sentait la musique entrer en elle et onduler dans son corps, et alors seulement sa voix devenait puissante et claire, dominait toutes les autres, jusqu'à ce qu'elle soit la seule à chanter devant le micro, et les fidèles l'accompagnaient en frappant en rythme dans leurs mains, et le pasteur lui-même se reculait un peu sur son piano pour l'écouter et la regarder.

Hyang Su était jolie, mais pas très grande, ce qui fait qu'à l'âge de quatorze ans elle paraissait n'en avoir que douze, même si les boutons de ses seins gonflaient déjà sa chemise. Elle aimait s'habiller avec de jolies robes qui montraient bien ses jambes aux mollets rebondis, elle avait appris à marcher très cambrée, parce qu'elle avait lu dans un magazine que ça mettait en valeur ses fesses, et donnait l'illusion qu'elle était plus grande. À l'église, le pasteur Randall (ce n'était pas son vrai nom, mais il avait vécu aux États-Unis et avait adopté ce surnom) l'accueillait souvent avec cette remarque : « Voici la jeune fille aux jolies jambes ! » Ça ne plaisait pas à sa grand-mère, mais elle n'osait rien dire, parce qu'un pasteur est un pasteur, d'ailleurs Randall était marié à une femme un peu plus âgée que lui, avec des cheveux gris et une grosse croupe, et personne ne se serait permis une critique contre une telle femme. On disait que c'était elle qui commandait vraiment à l'église, et même que c'était elle qui composait ses sermons.

L'église chrétienne, c'était une sorte de grand atelier au rez-de-chaussée d'un immeuble moderne, dont la porte à deux battants ressemblait plutôt à une entrée de garage ou de boîte de nuit. Passé la porte, il y avait une salle de quatre cents places avec une estrade et un écran de cinéma. C'était là que chaque dimanche Hyang Su allait chanter. Le chœur était composé de six garçons et de six filles, habillés en bleu et blanc, et seule Hyang Su avait le droit de venir sur la scène habillée de sa jolie robe, ou parfois, en jeans avec une chemise blanche, parce qu'elle était la vedette du show. Elle chantait les hymnes en coréen, et aussi en anglais, sur un air jazzy, et souvent, le pasteur Randall laissait son piano, un jeune garçon venait avec une guitare électrique et accompagnait les solos de Hyang Su sur du rhythm and blues.

Hyang Su ne vivait que pour ces instants. Dès qu'elle montait sur l'estrade, elle se sentait quelqu'un d'autre, de très différent, une femme, non plus une enfant qu'on commande, mais une femme qui sait ce qu'elle veut, qui mène les autres, qui sait se faire respecter. Quand elle avait fini de chanter, la salle applaudissait, et cela aussi incommodait sa grand-mère, qui disait : « Il ne faudrait pas oublier où nous sommes, ce n'est pas un night-club tout de même ! »

La grand-mère de Hyang Su n'avait pas beaucoup d'estime pour le pasteur Randall. Tout le monde savait que c'était un homme sans valeur, qu'il avait reçu cette charge de pasteur en subornant le pasteur d'autrefois, un vieil homme digne et naïf, et qu'il avait dépensé de l'argent pour gagner les voix des membres influents de la communauté, surtout de vieilles femmes veuves et fortunées qui étaient sensibles à son charme et aux cadeaux.

La grand-mère de Hyang Su était sévère, mais généreuse avec sa petite-fille. Elle avait essayé de racheter la faute commise par la mère de Hyang Su, qui avait abandonné son mari et sa fille pour partir avec un autre homme. Le père de Hyang Su était lui aussi, à sa façon, un bon à rien, un coureur de jupons et un menteur, qui puisait sans scrupules dans la caisse de l'église pour aller jouer aux courses ou pour acheter des parfums à ses petites amies du moment. Mais la grand-mère de Hyang Su était pleine d'indulgence, parce que c'était son fils cadet, son petit dernier, et elle lui passait beaucoup de choses. Elle avait ainsi reporté son amour sur sa petite-fille, et sur les affaires de son église, et le fait que la jolie voix et les jambes de Hyang Su attirassent de nouveaux adeptes de la religion ne lui déplaisait pas, bien au contraire, elle disait que tout devait concourir au service du Seigneur Jésus.

À cette époque, Hyang Su habitait dans la maison de sa grand-mère, avec sa tante et le mari de celle-ci, un petit homme nerveux et méchant, mais tout le monde était soumis à l'autorité de la vieille dame, et il semblait que tout se passait normalement dans cette famille. Même Jiseok, le père de Hyang Su – il se faisait plutôt appeler Jack Jipe, un nom qui cadrait mieux avec ses activités de bookmaker –, pouvait donner l'illusion d'une vie normale et régulière. Chaque matin, tout le monde déjeunait ensemble dans la salle adjacente à l'église, et la grand-mère de Hyang Su donnait ses instructions à chacun. Puis Hyang Su partait pour l'école voisine, où elle terminait avec difficulté l'année de la quatrième. Elle ne détestait pas l'école, mais ce qu'on y disait, ce que racontaient ses camarades de classe lui semblait très loin de sa propre vie. Elles parlaient de shopping, de make-up, de rencontres avec des garçons, de concours sportifs ou de séries télé. Chez la grand-mère de Hyang Su il y avait bien un écran de télévision, mais il était réservé exclusivement à des projections de vidéos chrétiennes. La plus grande fantaisie que Hyang Su avait vue – elle l'avait adorée – était le film *Narnia,* parce que sa grand-mère lui avait expliqué le message de l'histoire, le Lion qui représente le Seigneur Jésus, et des combats que les chrétiens authentiques doivent livrer pour réussir à trouver la voie au milieu des impies.

C'est à cette époque que Hyang Su connut la plus grande chance de sa vie, celle qui allait l'orienter définitivement vers la carrière de chanteuse. Le sort est arrivé sous l'aspect d'une lettre d'un groupe de producteurs qui recherchait des candidats et des candidates pour un enregistrement de chants et de chansons à thème religieux, et le pasteur Randall a convoqué Hyang Su dans son bureau. Il n'en avait parlé à personne, mais, si elle voulait, Hyang Su pourrait bien être la chanteuse que cette boîte de production recherchait. La jeune fille sentit son cœur battre plus fort, ce que disait Randall était ce qu'elle espérait depuis longtemps sans y croire, qu'un jour son heure viendrait, et qu'elle pourrait se donner à tout ce qu'elle aimait dans la vie. Mais, en même temps, elle hésitait. Est-ce que sa grand-mère serait d'accord ? Chanter dans une chorale pour les fidèles, à l'église, c'était une chose, mais chanter pour des producteurs, pour gagner de l'argent était bien différent. Elle restait debout devant le grand homme, les mains jointes dans le dos, les doigts croisés pour forcer la destinée. Elle ne savait pas quoi répondre, elle sentait que ses joues étaient devenues rouges, et elle avait honte que cela se voie.

L'audition a eu lieu le lendemain, dans les locaux de la production Jericho, à l'autre bout de la ville. Hyang Su s'est rendue au rendez-vous en métro, et à l'entrée de l'immeuble elle a reconnu le pasteur Randall au milieu d'un petit groupe. Une femme élégante, un peu snob, l'a accompagnée jusqu'au studio d'enregistrement. Pour l'essai, avec l'accord de Randall, ils avaient choisi un chant en anglais, une hymne que la jeune fille connaissait mal, mais qu'elle avait déjà entendu chanter à la radio. Les paroles, c'était :

King of all days
Oh so highly exalted
Glorious in Heaven above
[...]
Here I am to worship
Here I am to bow down[1]...

Hyang Su a pris sa respiration, elle s'est cambrée en arrière, et elle a commencé à chanter de sa voix un peu grave, sans accompagnement, puis le rythme de la musique l'a prise et elle s'est balancée en chantant, les yeux fermés, comme si elle était devant la foule, sur l'estrade de l'église,

Here I am to worship
Here I am to bow down[2]...

---

1. Roi de tous les temps / Oh, si grandement loué / Glorieux dans les Cieux / Me voici pour te vénérer / Me voici pour me prosterner...

2. Me voici pour te vénérer / Me voici pour me prosterner...

Quand elle a eu fini, elle a rouvert les yeux, les techniciens, la femme élégante, et même Randall la regardaient, et elle a compris dans leur regard qu'elle avait été prise. Elle en tremblait, à tel point qu'elle a dû s'appuyer sur le bras du pasteur pour repartir, après avoir signé les contrats. C'était comme si elle venait de renaître dans un nouveau monde, sous un nouveau soleil, elle avait hâte d'annoncer la nouvelle à sa grand-mère, mais quand elle lui a parlé du contrat signé, celle-ci n'était pas d'accord :

« Comment une jeune fille de seize ans peut-elle signer quelque chose ? C'est ridicule, il faudra déchirer ce papier et ne plus y penser. »

Les semaines qui ont suivi ont été difficiles pour Hyang Su. Elle n'osait pas supplier la vieille dame, mais l'idée de sa nouvelle vie de chanteuse tournait dans sa tête jour et nuit, surtout la nuit, jusqu'au vertige.

Randall a décidé de faire changer d'avis la vieille dame austère. « C'est pour la religion, pas pour le fun, disait-il. C'est un don du ciel, personne n'a le droit de l'annuler. » À la fin, la grand-mère a cédé : Hyang Su pourrait continuer les enregistrements, deux ou trois fois par semaine, à condition que cela ne nuise pas à son devoir de chrétienne ni à ses études. Ce jour-là, Randall convoqua Hyang Su dans son bureau pour lui annoncer la bonne nouvelle. C'était un jour de semaine, un peu avant midi, à une heure où plus personne n'était présent dans le bâtiment. Hyang Su se rendit au rendez-vous le cœur battant, parce que le pasteur lui avait déjà laissé entendre qu'il avait l'accord de la grand-mère, et qu'elle pourrait reprendre les enregistrements et devenir la chanteuse vedette de Jericho. Mais ce qu'elle n'avait pas prévu, c'est le piège que cet homme avait préparé pour elle.

« Approche, jeune fille », lui dit Randall quand elle entra. Le bureau était surchauffé par le soleil de l'après-midi, les rideaux rouges tirés sur la fenêtre. Il y avait une sorte de pénombre excitante, dans le silence de l'église fermée. Hyang Su écoutait les bruits de son cœur dans sa poitrine, et ses mains restaient crispées dans son dos. « Approche, tu ne dois pas avoir peur de moi, nous nous connaissons depuis longtemps, n'est-ce pas ? »

Pourquoi parlait-il ainsi ? Sa voix était étrange, ce n'était pas la voix de stentor avec laquelle le pasteur Randall sermonnait les fidèles chaque dimanche, ni la voix douce et un peu sirupeuse avec laquelle il accompagnait les chansons sacrées, en insistant sur les *a* et les *o*, ou en faisant résonner trop fort les *tch* et les *kkk*. C'était un souffle un peu aigu, qu'il expirait avec les dents serrées, comme s'il murmurait un secret. Hyang Su l'écoutait, et elle ne pouvait pas bouger, surtout pas s'approcher du bureau comme le pasteur le lui disait, mais incapable aussi de reculer, elle sentait ses pieds fixés au sol, vissés au plancher de bois du bureau, elle restait debout, presque sans respirer, les yeux baissés, attendant la suite qui ne pouvait pas manquer de venir, comme dans un mauvais rêve.

« Hyang Su, Hyang Su, je pense à toi tout le temps, tu es pour moi la fille aux jolies jambes, la fille qui éclaire ma nuit, est-ce que tu le sais ? »

Le pasteur Randall n'avait pas quitté son bureau, mais son grand corps s'était penché en avant, avait glissé peu à peu de sa chaise et n'était plus qu'à quelques centimètres de Hyang Su, c'est ce qu'elle sentait sans vraiment le voir, il lui semblait que cet homme d'ordinaire si raide et si distant était devenu pareil à un serpent, coulant et sinuant sur le plateau de la table, le visage s'approchait de son ventre, de sa poitrine, elle sentait sur sa robe et sur son corsage le souffle chaud de sa respiration quand il continuait à parler, mais elle n'entendait pas ses paroles, simplement les chuintements des mots qui répétaient la même chose, le sifflement de son prénom, des notes basses, insistantes, des soupirs et des silences.

« ... les jolies jambes, les jolies jambes... », disait la voix, et Hyang Su se demandait si c'était d'elle qu'il parlait, si c'était bien de ses jambes, de son corps, maintenant elle le regardait, elle voyait les petites gouttes de sueur qui perlaient sur son front, là où les cheveux étaient dégarnis, et sur ses sourcils broussailleux, elle voyait le dessus de ses paupières, un peu grises et fripées, et le reste du corps, la chemise blanche froissée au col, les bras appuyés sur la table, et les mains qui avançaient, deux animaux musculeux et sombres, parcourus sur le dessus par des veines en forme de branches d'arbre. Les mains qui s'emparaient de ses jambes, et remontaient lentement vers le haut, vers les endroits interdits.

J'ai arrêté de parler. Je regarde Salomé, sa tête est un peu de travers comme si son cou n'avait pas assez de force pour la tenir, la peau de son visage est terreuse, ses paupières sont fermées. Quand je cesse de parler, elle ouvre les yeux et elle me regarde, je ne sais pas ce que je dois lire dans son regard, de la peur, ou de la colère. Qu'est-ce qu'elle pensait ? Que j'allais lui dire des contes de fées, inventer un pays bleu, une princesse ? Quand ma tante Mi-kyeong racontait autrefois ses histoires de goules et de lycaons, de *guishins* et de sorcières, en me caressant les cheveux, c'était ce frisson délicieux que je ressentais, comme si je regardais par une porte interdite et que j'apercevais un monde obscur et maléfique tout près de la surface de la vie, à la portée de ma main, et c'était cela que je voulais donner à Salomé.

« Raconte-moi la suite, s'il te plaît, *Onni* ! »

Salomé m'a appelée *onni*, sa sœur aînée, comme moi autrefois avec Mi-kyeong, d'une voix plaintive de petite fille, et je comprends d'un seul coup ce qu'elle est devenue pour moi, dépendante de mes mots et de mes rêves, ma sœur cadette, ma créature ! Je ne sais pourquoi, cette découverte qui devrait me satisfaire me trouble plus que de raison, elle me donne une sorte de vertige. Les rôles sont d'un coup renversés, moi qui étais sa servante, son employée, payée en billets de 50 000 à l'effigie de la vieille dame digne, je suis devenue sa maîtresse, celle qu'elle doit suivre aveuglément à travers les méandres de l'imagination, à la merci de mes mots et de mes désirs, j'ai ce pouvoir de continuer ou d'interrompre le flux qui ajoute du temps à sa vie et retarde l'heure de sa mort.

La lumière décline sur les rideaux rouges tirés contre le soleil que Salomé ne peut plus regarder à cause de sa maladie. Quand elle s'est plainte de la douleur que la lumière du jour cloue au fond de ses yeux, je lui ai acheté dans un drugstore de la Fashion Street, à Ewha, des lunettes teintées de bleu, elle les a essayées et puis elle les a posées sur la table à côté d'elle, et maintenant elles ont disparu. Elle n'a pas fait de commentaires, mais je comprends qu'elle ne veut pas se déguiser, qu'elle veut affronter toute seule ses problèmes.

Ce qui s'est passé ce jour-là, dans le bureau du pasteur Randall, ç'a été le commencement du naufrage pour Hyang Su. Elle ne l'a dit à personne, surtout pas à sa grand-mère, mais elle a cessé du jour au lendemain d'aller à l'église. Elle ne s'est pas expliquée. Quand sa grand-mère lui a dit, « Hyang Su, *seonyo*, ta place est dans la chorale », elle n'a pas répondu, elle a regardé ailleurs, et dans son regard il y avait quelque chose de triste et de fermé qui empêcha sa grand-mère d'insister. Puis elle a commencé à fréquenter un groupe de musiciens, des garçons plus âgés qu'elle qui jouaient du rock le soir dans les clubs, et elle est devenue leur chanteuse. Le guitariste alto, un grand garçon du nom de David Choi, lui a dit : « Si tu fais partie du groupe, tu dois te trouver un nom. » Pour elle, c'était bien, puisqu'elle ne voulait plus garder son nom de petite fille, et elle a choisi un nom d'insecte, Nabi. Elle a pensé au début s'appeler *Mudangbeolle*, parce qu'elle aimait bien ces petites bêtes avec leurs taches rouges qui se posent quelquefois sur la main et s'envolent droit dans l'air pour accomplir une mission secrète. Nabi c'était plus court. Et puis elle a réfléchi que les *mudangbeolle* sont fragiles et elles peuvent facilement être prises au piège des araignées, justement L'Araignée était le nom de scène de la chanteuse préférée de Hyang Su. Donc, à partir de maintenant, elle est, elle restera Nabi.

Je suis fatiguée de raconter, et Salomé est fatiguée d'écouter, je le vois à son regard qui pèse, ses paupières couleur de cendre. Il n'y aura pas de thé cette fois, je n'ai pas le courage de mettre l'eau à bouillir, d'attendre, et de verser l'eau sur les sachets en papier, dans la *salam-tea*. Peut-être que l'histoire de Nabi nous mange notre énergie, peut-être que c'est une de ces histoires dont on n'a pas envie d'entendre la fin.

Je suis partie sans dire au revoir, sans saluer l'infirmière assise dans la cuisine, en train de pianoter sur son téléphone. Est-ce que tout est trop attendu, sans espoir ? Alors c'est comme la vie de Salomé, du moins le temps qui lui reste à vivre. Ma copine Yuri qui est interne à l'hôpital de Yongse, pour finir ses études en pathologie épidémique, m'a parlé du Syndrome douloureux régional complexe (SDRC), la maladie dont souffre Salomé, un mal incurable, incompréhensible, qui ferme petit à petit les forces vitales, comme une fleur en train de se faner très lentement. Toutes les fonctions disparaissent, jour après jour, nuit blanche après l'autre, sauf le cerveau, l'imagination, l'inquiétude, l'aspiration à être heureux, ou les rancunes, les jalousies, les complots diaboliques. On devient comme un vaisseau spatial perdu dans l'immensité, dont la tête ne commande plus rien, mais qui assiste à son naufrage. Yuri dit : « Ce n'est pas une maladie, Bitna. C'est plutôt une malédiction. » Le mot m'étonne, mais je comprends, Yuri est très religieuse, chrétienne des derniers jours comme on les appelle, elle se souvient de l'histoire de Job sur son lit de fumier, rongé par un mal sans nom, parce que Dieu l'a voulu. Je sais qu'il faut s'humilier, reconnaître qu'on n'est rien du tout, renoncer à la révolte et à la vie. Mais moi je suis plutôt du côté des bouddhistes, même si je ne crois pas vraiment à la réincarnation, je crois que la vie est un océan qui nous baigne tous, et que la mort nous emporte ensemble vers une autre forme que nous ne connaissons pas. Je crois aussi que nous sommes tous liés les uns aux autres, les enfants avec les parents, les parents avec leur descendance, et ceux et celles qui ne sont pas encore nés touchent ceux qui vivent aujourd'hui, et tendent la main à ceux qui ne sont plus…

« *Onni*, j'ai eu si peur que vous ne reveniez pas… »

Salomé tente de se redresser sur son fauteuil, le coussin qui cale son dos glisse et, en essayant de le rattraper, elle fait glisser la couverture à carreaux qui la recouvre malgré la chaleur étouffante de l'après-typhon. Je vois ses jambes, deux membres très blancs et très maigres qui sont repliés sous elle, dans la position du jockey, en train de faire galoper un cheval invisible. Je replace la couverture très doucement, avec des gestes de grande sœur, et je vois la main de Salomé qui se soulève de l'accoudoir, pour toucher mon visage, pour effleurer mes cheveux.

« On va terminer cette histoire de Nabi, car c'est vraiment trop triste ! »

Elle a dit ça d'un ton faussement enjoué, que dément le son de sa voix étreint par l'angoisse.

Je réponds sur le même ton :

« Oui, finissons-en, après je pourrai terminer avec l'histoire de l'assassin wannabe, et je parlerai des deux Dragons. »

Salomé bat des mains intérieurement.

« Oui, oui, s'il te plaît, j'aime tant les contes fantastiques ! »

Est-ce que Salomé a fait la leçon à l'infirmière ? Mme Wang (c'est son royal nom) fait son entrée dans le salon en portant un plateau avec la *salam-tea,* les tasses, et des petits gâteaux secs de chez Tous les jours. Comment Salomé a-t-elle deviné que je n'ai rien mangé depuis la veille, faute d'argent ? Peut-être, avec cette ruse familière aux gens qui souffrent, a-t-elle compris que je reviens aujourd'hui pour terminer l'histoire commencée hier, et recevoir le prix de chaque histoire en beaux billets craquants de 50 000.

Nabi maintenant vit une vie différente de tout ce qu'elle a connu jusqu'ici. Elle a quitté la maison de sa grand-mère, sans la prévenir, un jour elle est passée par la fenêtre du rez-de-chaussée et elle s'est retrouvée dans la rue, sans bagages, sans argent. Elle s'est installée dans le studio d'enregistrement des garçons, c'est David Choi qui l'a invitée, au sous-sol d'un immeuble dans le quartier sud, dans les petites rues autour de la station Gyodae, les garçons lui ont acheté un *yo* et ils ont repoussé les meubles et les appareils électroniques contre le mur, il y a un lavabo et des toilettes au demi-étage, c'est chaud et silencieux comme un cocon.

Chaque soir, Nabi s'éveille, elle reçoit les garçons, ils jouent de leurs instruments et Nabi chante les chansons qu'ils ont écrites, puis elle invente des paroles, des airs, et maintenant ce sont eux qui jouent ses chansons. C'est le moment de sa vie qu'elle préfère, le son de la musique envahit le petit studio, cogne entre les murs et le plafond, cherche à s'échapper, et elle lance ses mots, tantôt en criant, tantôt à voix basse et rauque. Choi lui dit qu'elle a une voix sexy et grave, il voudrait que Nabi bouge un peu en chantant, il paraît que c'est ça qu'on attend d'une chanteuse de rock, mais Nabi a décidé de rester immobile, toujours bien cambrée, son jean et sa chemise blanche sont son uniforme, et maintenant les garçons l'ont adopté eux aussi, ils ont échangé leurs shorts et leurs bermudas et leurs T-shirts de fantaisie pour des jeans noirs et des chemises blanches à manches longues. Ils ont changé leurs noms aussi, ils ne s'appellent plus Flamines, ou Dexter, ou Intros, ils ne s'appellent même pas Black Jeans White Shirt, ils s'appellent NABI, tout simplement, ils portent son nom, ils jouent pour elle, ils vivent pour elle.

Salomé aime bien ce moment de l'histoire, ses yeux se sont éclairés, elle arbore un sourire difficile, ça se voit qu'elle essaie d'imaginer le petit studio, la musique qui se déchaîne, les coups de la batterie dans les murs, et la petite Hyang Su immobile au centre de la pièce, ses cheveux noirs brillant à la lumière de l'ampoule électrique nue au plafond et, plus puissante que la musique, sa voix basse qui énonce les mots, les mots sans suite, les mots libres, les mots plus forts que les actes, plus forts que la mort...

Après, tout est allé très vite pour elle, pour les NABI.

La légende de la chanteuse de Jéricho a circulé sur le Net, et les garçons se sont servis d'elle pour contacter les tourneurs, organiser des soirées privées, des concerts dans les clubs de Gangnam, dans des fêtes publiques, sur l'estrade construite devant le centre commercial de Sinchon Station, à Incheon. Un photographe s'est intéressé à elle, un homme d'un certain âge, un peu excentrique, qui possède un studio appelé Pearl Underground à Yeouido. Pour elle, il a transformé son studio en oisellerie (bien sûr c'était le nom de Nabi qui l'inspirait), avec des oiseaux de toutes les couleurs volant en liberté entre les branches de magnolias en pots, et même des papillons. Nabi n'avait jamais rien imaginé de semblable, elle avait l'impression de vivre un rêve éveillé, les photos de Nam Gil étaient étonnantes, son visage agrandi à la taille d'un mur entier, ses yeux aux pupilles dilatées semblaient refléter une mer de plomb – pour agrandir les pupilles il a donné à Hyang Su un breuvage étrange, fait d'une décoction de fleurs de datura rouge, et son rêve a continué longtemps après la séance de pose... Mais Nam Gil était un homme très doux, un peu dodu comme un gros chat, ou comme un ours en peluche, Nabi s'est lovée dans ses bras pour dormir tout l'après-midi, pendant qu'il lui murmurait des choses gentilles à l'oreille, c'était la première fois depuis longtemps qu'il se passait quelque chose de tendre dans sa vie, depuis les soirées passées en compagnie de Mi-kyeong, la cousine de sa tante, à écouter les histoires de sorcières et de loups-garous.

Salomé écoute attentivement chaque mot, comme si c'était sa propre histoire. Elle sait bien que je n'invente rien. Je n'ai jamais su inventer, tout juste changer les noms, imaginer des lieux. Mais bien sûr elle ne peut pas savoir que moi aussi j'ai une tante qui s'appelle Mi-kyeong, et qu'elle est championne dans l'art de faire peur aux petits enfants. Elle dit :

« Ce photographe, Nam Gil, est-ce un ami ?

— Non, ai-je répondu. C'est un loup, comme les autres, comme Randall, Nabi est une proie pour lui, comme elle l'est pour le *stalker*. Vous connaissez la parole de la Bible, comme une agnelle jetée au milieu des loups, c'est sa vie. C'est pour cela que sa grand-mère ne veut pas qu'elle commence une carrière de chanteuse, loin de l'église, elle sait très bien ce qui l'attend, mais elle ne peut pas l'en empêcher, Nabi doit aller jusqu'au bout de ce qu'elle a choisi. »

Je crois que Salomé frissonne quand je dis ces mots. Pour elle, je le sais, les histoires ne sont pas seulement des histoires, ce sont aussi des sensations qui l'effleurent, qui brûlent sa peau, des coups d'aiguille dans ses jointures, des vagues lancinantes derrière ses yeux. Elle les demande, et elle en a mal, elle les craint. Il me semble que j'entends les battements de son cœur à travers la peau de ses avant-bras, je vois les pulsations sur son cou renversé, à la hauteur des jugulaires.

Mais je dois continuer, coûte que coûte, même si chaque histoire que je raconte à Salomé lui enlève un instant de vie.

Ainsi Hyang Su est devenue célèbre sous son nom de Nabi, et elle est devenue la maîtresse du photographe Nam Gil. Cela n'a pas plu aux garçons, parce qu'ils étaient tous les trois amoureux d'elle, même si avec eux ça n'était jamais allé plus loin que le flirt, entre deux concerts, une fois avec l'un, une fois avec l'autre, ou bien quelquefois avec les trois ensemble, dans la nuit des clubs, avec la chaleur et les spots comme des orages électriques. Avec Nam Gil, c'était plus calme, ça s'est passé la première fois dans son studio, au milieu des plantes grimpantes et des oiseaux, il a dégrafé son corsage, il l'a embrassée sur les seins, et ils ont fait l'amour très doucement, elle n'a pas joui mais elle a bien aimé la proximité de son corps, l'odeur de musc de sa peau, ses cheveux longs qu'il a défaits et qui cachaient son visage. Puis les photos de Nabi sont parues dans les magazines, à Séoul, ensuite aux États-Unis, dans *Vogue*, dans *Esquire*, dans *Forbes*, puis presque en même temps un peu partout dans le monde, au Mexique, en Angleterre, en France. Maintenant le tourneur n'avait plus besoin de négocier des *prime time*, c'était elle qu'on invitait, elle était le *main*, la tête d'affiche, et Nam Gil a congédié le tourneur, il est devenu le producteur, le protecteur, peut-être aussi le profiteur – c'était la version des garçons, qui n'ont pas tardé à comprendre leur douleur en recevant leur congé eux aussi, remplacés par des musiciens choisis pour chaque concert par Nam Gil, non plus des amateurs, des enfants, mais de vrais musiciens, aguerris, reconnus, et des techniciens du son qui avaient travaillé à Los Angeles et à New York, pas dans une petite cave insonorisée au moyen de packs d'œufs, à Sinchon.

Maintenant, ce n'était plus Nabi qui écrivait ses chansons, elle avait essayé de les imposer, mais Nam Gil était intraitable : « Baby Nabi, lui a-t-il dit, il ne parlait jamais fort, il restait très doux, il caressait les cheveux de la jeune fille, comme s'il était son *oppa* et non son amant. Je sais ce qui est bon pour toi, la période des berceuses est finie, maintenant tu dois commencer ta vraie vie, tu es une grande chanteuse, tu vas aller dans le monde entier, tu vas remplir les salles, à Londres, à New York, à Tokyo, et ici tout le monde te suivra, tout le monde t'aimera, quelle revanche dans ta vie, toi la petite fille sans maman, qui chantais dans les églises, toi qu'on a maltraitée, qu'on a méprisée, toi qui t'es enfuie loin de chez toi pour échapper au malheur. »

Il parlait et Hyang Su sentait les larmes déborder de ses yeux et couler sur ses joues. C'était la première fois qu'elle ressentait la tristesse qui s'était enracinée dans son cœur, qui obstruait sa gorge et nouait son ventre. La voix douce de Nam Gil entrait en elle et défaisait les nœuds un à un, libérait l'eau qu'il y avait dans sa mémoire et l'eau débordait de ses paupières.

Ce qu'avait dit le photographe était la vérité : maintenant Hyang Su n'avait plus un instant libre, chaque jour elle préparait ses tours de chant, elle enregistrait les CD, elle passait à la radio ou à la télé. Elle ne pouvait plus habiter n'importe où, comme elle avait fait jusque-là. Nam Gil lui avait trouvé un appartement dans un grand immeuble non loin du fleuve, au treizième étage, qu'il avait meublé sommairement avec un matelas et des sofas en plastique, et un grand écran de télévision. L'intérêt de l'immeuble était l'anonymat, personne ne s'occupait de personne, et l'entrée était protégée par un code et surtout par un gardien, un ancien policier à la retraite capable de dissuader les intrus et les curieux. L'homme s'était tout de suite pris d'amitié pour Nabi, il la saluait poliment quand elle entrait ou quand elle sortait, et elle lui répondait avec un sourire charmant. Elle se sentait libre et heureuse pour la première fois de sa vie, avec la musique au cœur et les soins attentionnés du photographe. Elle avait l'impression d'être un petit animal choyé, une sorte de poupée douce et rêveuse, elle restait parfois des heures assise sur le matelas devant la grande fenêtre, à regarder la rivière qui brillait au loin. Parfois elle repensait à son passé, et les jours anciens lui manquaient, surtout la compagnie des trois garçons. Elle n'avait pas souvent de leurs nouvelles, quelquefois ils l'attendaient à la sortie d'un concert, au bord du trottoir, avec la foule des petites filles hystériques qui criaient quand Nabi passait. Ils essayaient de lui dire quelque chose, mais les gardes du corps les repoussaient, et le photographe prenait Nabi par le bras et l'entraînait vers la limo garée le long du trottoir. Qu'est-ce qu'ils voulaient lui dire ? Elle n'en avait pas la moindre idée, mais cela lui faisait un petit pincement au cœur, comme s'ils étaient des messagers de sa vie antérieure, qu'ils savaient quelque chose qu'elle ignorait, comme pour la prévenir d'un danger.

Elle en a parlé une fois avec Nam Gil, qui a écarté l'idée avec un geste brusque : « Ne pense pas à tout ça, Nabi, ils n'ont plus aucune importance, et je vais même te dire, ils sont jaloux de ton succès, de ton argent, ils voudraient que tu partages avec eux, je sais qu'ils ont pensé à prendre un avocat pour réclamer des droits, c'est pour ça que je t'ai dit de ne plus chanter les chansons anciennes, ils sont avides, ils veulent sucer ton sang ! » Cette nouvelle causa beaucoup de peine à Nabi, elle n'arrivait pas à croire que les garçons qui l'avaient aidée, et qui avaient été gentils avec elle autrefois, en quelques années eussent changé à ce point. Tout d'un coup, elle se sentit très seule dans la vie, seule malgré la foule qui venait à ses tours de chant, malgré les rencontres avec des journalistes et des producteurs, malgré les petits cadeaux et les attentions de Nam Gil. La seule personne avec qui elle avait une relation normale était le vieux policier qui logeait à l'entrée de l'immeuble, dans une petite chambre sous l'escalier. Elle ne connaissait pas son nom, mais elle descendait quelquefois, en fin de journée, quand elle avait un moment libre, et elle restait à lui parler, il racontait sa vie, la vie après la guerre, il parlait de sa maman qui avait franchi le fleuve sous les bombes en le portant sur son dos, il lui a même montré une photo qu'il avait trouvée sur Internet, prise par un soldat américain, on voyait une jeune femme vêtue de haillons comme une mendiante, des paquets de chiffons à ses pieds, et attaché à son dos dans un grand châle un petit bébé aux yeux agrandis par la faim et par la peur, crâne rasé, son nez tout sali de morve et sa bouche noircie par la poussière. « Voici, c'est moi avec ma maman, nous avions franchi le 38e parallèle, nous allions vers le sud. » Accroché aux paquets, il y avait aussi le petit sac percé de trous dans lequel étaient enfermés les deux pigeons voyageurs, mais il n'en a pas parlé.

Derrière la femme, on voyait un paysage dévasté, creusé par les bombes. Et le grand fleuve, que Nabi reconnut tout de suite. Elle n'était pas sûre que le gardien de l'immeuble dise la vérité, et que ce soit bien lui et sa maman sur la photo, mais ça l'a troublée, et par la suite, quand elle y pensait, elle avait des larmes dans les yeux, parce que ça lui faisait penser à sa propre mère, qui l'avait abandonnée quand elle était bébé, pour aller vivre avec un autre homme.

Salomé écoute ces mots, peut-être qu'elle aussi est émue, parce que c'est un peu son histoire aussi, quand son père et sa mère ont décidé de se suicider en laissant tous leurs biens à leur fille, pour échapper à une maladie incurable – et maintenant, c'est son tour d'être malade, avec la mort au bout du chemin, toute proche.

Quelqu'un d'autre est entré dans la vie de Nabi. Un jour, Nam Gil l'a présentée, elle s'appelait Kim Yu-Mi, elle avait vingt-trois ans, un visage un peu long et des cheveux noirs très lisses qui tombaient jusqu'à ses reins. Elle serait l'attachée de la chanteuse, elle préparerait les rencontres avec la presse, elle tiendrait l'agenda. Elle parlait doucement, avec une sorte de timidité, elle restait toujours un peu à l'écart, derrière Nam Gil. En peu de temps elle est devenue indispensable pour Nabi, la seule personne entre elle et le reste du monde. Elle est devenue une amie. Entre les concerts, elle restait une partie de la journée avec Nabi, elle l'accompagnait au restaurant, ou pour faire des courses. Elle ne parlait pas beaucoup, elle écoutait Nabi. Au début elle l'appelait Dongseng, comme si Nabi était vraiment plus âgée qu'elle. Nabi protestait : « Appelle-moi plutôt Onni, si tu veux, mais je ne suis pas ta maîtresse. » Pour l'aider, elle l'appelait Yodongseng, Petite sœur, mais Kim Yu-Mi ne pouvait pas faire mieux que de répondre, Hyang Su *chi*. Avec elle, la vie était changée, Nabi ne passait plus autant de temps assise sur son matelas à regarder par la fenêtre. Elle attendait le coup de téléphone de Yu-Mi pour sortir, elles prenaient ensemble des taxis, elles allaient dans les centres commerciaux, ou bien déjeuner sur le pouce dans les petits restos de Hongdae, et même quelquefois, le soir, elles allaient écouter du hip-hop dans les boîtes. À cette époque, Nabi a appris que sa grand-mère était très malade. Il y avait des années qu'elles ne s'étaient pas revues, la vieille dame désapprouvait tout à fait la vie que Hyang Su avait choisie, et chaque fois que la jeune fille avait essayé de reprendre contact, elle avait été éconduite sèchement. Par une cousine, Nabi avait appris avec une certaine satisfaction que le scandale avait finalement éclaté, le pasteur Randall avait été démasqué alors qu'il avait commis une agression sur une petite fille de la chorale, et les parents n'avaient pas porté plainte pour éviter le scandale (bien sûr sous la pression de la communauté), mais l'odieux personnage avait été envoyé très loin, en Afrique de l'Ouest, ou au Vietnam, et on n'avait plus entendu parler de lui. Son épouse à la large croupe avait divorcé et avait trouvé un nouveau mari, et tout était rentré dans l'ordre. Mais Hyang Su ressentait une grande amertume d'avoir été délaissée, et d'avoir été exclue comme si elle avait commis une faute. Alors, quand sa grand-mère a laissé un message pour la revoir, Nabi n'a pas hésité. C'est Nam Gil et Yu-Mi qui se sont chargés de la rencontre. La jeune fille n'a pas été prévenue, mais ils ont réussi à transformer ces retrouvailles en événement médiatique. Ce serait un tour de chant à l'église, pour chanter des hymnes et des spirituals, en présence de tous les fidèles, et sous l'œil des caméras soigneusement sélectionnées.

La cérémonie a eu lieu un soir d'hiver, non loin de Noël. Il avait neigé sur la ville, les lampions de la fête étaient déjà allumés, il y avait des sapins, des cadeaux, des boules de coton accrochées aux plantes à l'intérieur de l'église, pleine à craquer. Nabi est montée sur l'estrade, là où autrefois elle apparaissait dans sa robe droite, ou en jeans troués aux genoux, et en baskets. Mais pour la cérémonie, Nam Gil avait préparé une robe rouge près du corps, et des escarpins à décor de confettis. Au premier rang, Nabi a remarqué un siège libre, et alors qu'elle se demandait qui allait l'occuper, elle a vu arriver sa grand-mère, soutenue par deux femmes. La vieille dame était habillée en noir, elle avait fait faire une mise en plis serrée comme un casque, elle s'était maquillée soigneusement pour cacher la pâleur de son visage. Elle a marché lentement jusqu'à sa place, elle s'est assise bien droite et elle a regardé Hyang Su. C'était un regard d'adieu, mais la vieille dame n'a montré aucune émotion, elle n'a pas souri, son regard dur planté dans les yeux de sa petite-fille. Nabi a chanté comme autrefois, presque sans bouger, le dos bien cambré, elle a chanté d'abord seule, puis les musiciens ont pris leurs guitares, la batteuse a commencé à frapper sur la caisse, et toute la salle s'est enflammée, chantant en même temps les paroles de l'hymne, *Here I am to worship, Here I am to bow down*, frappant dans ses mains en cadence pour accompagner les chansons de Nabi, et à la fin, après un long silence, l'enthousiasme du public a déferlé comme une vague quand Nabi a chanté les paroles de l'Arirang, lentement, de sa voix grave un peu rauque.

Ce fut tout, il n'y eut pas de rencontre, Nam Gil avait été catégorique : « Quand tu finis de chanter, tu descends de l'estrade et tu pars par la porte arrière, Yu-Mi sera là pour t'aider. » Il n'a pas eu besoin de justifier, car les dernières mesures de la chanson étaient à peine terminées que la vieille dame se levait de son siège, aidée par les assistantes, et s'en allait vers le fond de la salle sans un regard en arrière. « Si elle doit te revoir, Nabi, elle saura où te trouver. » Mais apparemment la grand-mère n'avait rien pardonné, car la rencontre de Noël est restée sans suite. Vers le mois de février, par un message laissé sur son téléphone, Hyang Su a appris la mort de sa grand-mère, des suites d'une attaque cérébrale. Elle a été étonnée elle-même de ne rien ressentir, sinon une sorte de vide sonore, comme si la dernière fête à l'église n'avait pas fini de résonner dans sa tête.

C'est cet hiver-là que Hyang Su a appris que Yu-Mi, celle qu'elle croyait son amie, qu'elle appelait « Petite sœur », était devenue la maîtresse du photographe. Elle a appris aussi, par sa banque, que ses comptes avaient été vidés, et qu'il ne lui restait plus rien. L'appartement dans lequel elle était n'avait pas été payé depuis plus de six mois, et la banque qui en était propriétaire avait entamé la procédure d'éviction. À la fin de l'hiver, en avril, Hyang Su devrait déménager. Elle n'avait pas d'endroit où aller, elle était terrifiée à l'idée de devoir changer, d'affronter la réalité. Elle avait vécu pendant ces cinq dernières années comme une sorte de robot, entre le bruit des représentations sur scène, les répétitions avec les musiciens toujours nouveaux, et le silence de cet appartement, attendant la visite de Yu-Mi, visite devenue de plus en plus rare, maintenant elle comprenait bien pourquoi. Quant à Nam Gil, il était toujours aussi doux et prévenant, il lui arrivait même de faire l'amour dans l'appartement vide, puis il repartait, toujours pressé, comme s'il allait à des rendez-vous d'affaires, ou comme s'il rejoignait son foyer familial. Un jour, il s'est même présenté à Nabi, portant sur la joue gauche une longue griffure, qu'il a attribuée à un chat sauvage, mais Nabi a compris que c'était une marque de Yu-Mi, qu'elle avait apposée sur la joue de son amant pour que chacun sache la vérité. Tout cela tournait dans sa tête, une mauvaise scie, un son strident de jalousie et de mépris, qui l'intoxiquait encore plus que les bouteilles de soju qu'elle buvait pour s'endormir. Avec la trahison de Yu-Mi et de Nam Gil, la gloire de Nabi a commencé à décliner. Les médias s'étaient lassés, ou bien ils avaient trouvé une fille plus jeune, une chanteuse de rock, minishorts et vestes lamées, qui teignait ses cheveux en rouge et pour cela s'appelait Annie aux cheveux roux (à cause du dessin animé) ! Le silence est entré dans la vie de Nabi. Maintenant elle ne sortait plus guère de l'appartement, restait prostrée devant la fenêtre, ou bien elle rêvait qu'elle s'envolait, qu'elle allait jusque de l'autre côté des montagnes, dans le pays d'où étaient venus M. Cho et sa maman, il y avait très longtemps, où il disait qu'il retournerait un jour. Seul le policier venait une fois par jour, il lui apportait à manger, rien de luxueux, juste une part de son propre déjeuner dans une gamelle à double fond, du riz avec du kimchi, une soupe de moelle, un morceau de poisson-sabre salé. Il avait bien compris que Nabi ne voulait pas parler, il déposait la gamelle devant la porte, il sonnait, et il repartait. C'étaient les seuls moments d'humanité dans sa vie.

C'est la fin d'une histoire, elle le sait, même si je voulais faire autrement je ne le pourrais pas. Salomé est un peu penchée en avant, les tendons de son cou saillent, et je perçois à fleur de peau, de chaque côté de sa gorge, la palpitation du sang dans ses artères jugulaires.

« Continue, s'il te plaît, Bitna. Ne laisse pas cette histoire inachevée comme tu l'as déjà fait. Je veux tout savoir de Nabi, j'en ai besoin, tu comprends ? »

Ce n'est pas la question d'être payée, je crois que si je pouvais faire marche arrière, lui rendre tous ses billets de 50 000 wons, oublier le sourire un peu grimaçant de cette vieille dame en or qui m'a acheté mes aliments et payé mon loyer ces derniers mois, je le ferais sans hésiter.

« S'il te plaît, s'il te plaît », répète Salomé d'une voix débile et nasillarde de petite fille capricieuse, et en même temps elle se balance d'avant en arrière, dans un effort tellement difficile que ses doigts agrippés aux bras du fauteuil blanchissent.

Ça s'est passé à l'aube, dis-je. L'aube est l'heure la plus cruelle pour ceux qui souffrent, parce que la nuit cède au jour et qu'ils n'ont pas goûté au repos. Hyang Su a marché jusqu'à la petite cuisine du studio, ou plutôt elle s'est glissée en restant assise sur le sol, les jambes pliées sous elle, peut-être que l'alcool et les médicaments l'empêchent de se relever, ou bien elle ne veut pas voir son reflet dans les vitres, dans le miroir du placard du salon, sur l'écran éteint de la télévision. Dans sa main, elle tient cette chose à laquelle elle n'a jamais pensé auparavant, un cintre en métal, de ceux qu'on donne à la teinturerie avec les robes bien repassées, tous les boutons boutonnés jusqu'au col. Sur le sol de la cuisine, le cintre racle avec un grincement désagréable, peut-être que la voisine du dessous va encore se plaindre, elle se plaint toujours des bruits sur sa tête, les escarpins à talons, les bruits de vaisselle dans l'évier, ou bien les pieds du sofa qui boitent quand on s'assied trop brusquement. Nabi s'efforce de relever le crochet du cintre mais son bras n'a pas assez de force, et le fer retombe avec encore plus de bruit. Quand on meurt, dit la rumeur, ce qu'on ressent n'est pas douloureux, bien au contraire, c'est doux comme du miel dans la gorge, c'est enivrant comme une fumée parfumée qui emplit la poitrine, et la porte qui s'ouvre au fond du cerveau est pareille à l'entrée du paradis. Ensuite l'âme s'échappe du corps par tous les pores de la peau, par les yeux et par les oreilles, par les cheveux et par les narines, pour s'éparpiller dans le vent, voyager sur les vagues de la mer, à travers les plaines des eulalies et sur les feuilles des lotus, au milieu des nuages aussi légers que les Dragons, jusqu'à ce qu'elle rencontre une forme à laquelle elle pourra se joindre, une forme vivante, une herbe, un arbre, une libellule, ou un chat.

« Oui, je comprends, c'est la même chatte qui visitait le salon de coiffure, c'est Kitty ! » Salomé est devenue une petite fille, de nouveau, son visage s'éclaire d'un sourire, peut-être que la douleur s'est arrêtée un instant dans son corps.

Je ne sais pourquoi son bonheur me fait si mal. Je me lève brusquement, pour mettre fin à l'idyllique mensonge.

Non, Salomé, la mort est hideuse, et quand M. Cho est enfin entré dans l'appartement, quelques jours plus tard, parce que les assiettes qu'il déposait devant la porte fermée restaient pleines, et commençaient à attirer les insectes, il a senti l'odeur, et il a compris. Avec son passe, il a ouvert la porte, non sans appréhension. Mais il est policier et il a continué d'avancer dans le petit appartement silencieux, jusqu'à ce qu'il voie Nabi pendue à la poignée de la fenêtre de la cuisine, accrochée par le cou à ce simple fil de fer torsadé qui s'est incrusté dans sa chair. Doucement il a décroché le corps, déjà froid et raide, il l'a allongé sur le carreau de la cuisine. Il a dit seulement, à voix basse, comme s'il avait peur de réveiller Nabi, il a murmuré : « Pourquoi ? Pourquoi ? »

Je m'en vais sans dire au revoir, sans saluer Mme Wang dans l'office. Je crois que bientôt je serai libérée, je n'aurai plus à raconter mes histoires, je pourrai commencer à vivre pour moi-même, dans cette grande ville où seuls comptent le temps présent et le monde des vivants.

Histoire des deux Dragons, à Salomé, fin octobre 2016

« C'est une histoire sans être une histoire », ai-je commencé. Salomé me regardait de ses grands yeux fiévreux. « Oui, comment une histoire qu'on raconte peut ne pas être une histoire ?

— Si c'est la vérité, a dit Salomé.

— Oui, bien sûr, mais même la vérité peut être un mensonge si tu n'y crois pas, et même le mensonge peut sembler vrai si je le raconte bien.

— Alors, qu'est-ce que c'est ?

— Voilà, je vais te le dire. D'abord il faut que tu saches que les personnages de cette histoire n'existent pas.

— Parce que tu les as inventés ? »

Je faisais durer l'attente. Je voulais qu'elle comprenne que rien n'est inventé, même si rien n'existe. Je voulais que ce soit comme un air pour aider à vivre, pour elle si légère, un air d'une chanson sans paroles, un souffle de vent sur son visage entre la fenêtre ouverte sur la rue et la porte de l'office où Mme Wang est assise.

« Je te l'ai dit, je n'invente rien. C'est pourquoi j'ai appelé les deux personnages les Dragons. Le Dragon du nord, le Dragon du sud. Ils existent, tu peux en être sûre, mais personne ne les voit. Je ne chercherai pas à les décrire, puisqu'ils sont invisibles. Ils sont pareils à des nuages, ou pareils à un reflet sur la mer, ou encore pareils aux gouttes de la pluie que tu entends mais que tu ne peux pas voir.

— Alors comment est-ce que je peux être sûre qu'ils existent ?

— Parce qu'ils sont anciens, plus anciens que toi et moi, ils ont toujours existé, avant cette ville, avant ce pays, parce que nous sommes, toi et moi, juste un instant dans l'histoire du monde alors qu'eux, ces dragons endormis, sont là depuis le commencement. »

Salomé ferme les yeux, sa tête repose sur le dossier incliné du fauteuil, ses mains sont bien à plat sur les accoudoirs. Elle se laisse aller au rêve, comme au sommeil.

« Vous vous rappelez l'histoire de la petite Naomi, que la vieille Hana avait trouvée sur le seuil du Bon Pasteur ?

— Oui, je me la rappelle, c'est une histoire inachevée, n'est-ce pas ?

— Pas inachevée, dis-je. C'est une histoire qui dure encore.

— Alors dites-moi ce qu'elle est devenue, et qu'est-ce qu'elle a à voir avec les deux Dragons de Séoul ? »

Je ne le savais pas avant d'avoir commencé, mais maintenant tout semble plus clair, chaque histoire se lie à l'autre, comme les personnes qui voyagent dans un wagon de métro, qui étaient destinées sans s'en douter à se rencontrer un jour – quelque part dans la grande ville de Séoul.

« Quand elle a grandi, elle est devenue une petite fille tout à fait intéressante, peut-être parce qu'elle n'avait pas ses vrais parents.

— Comme moi », murmure Salomé.

Elle n'avait jamais appelé Hana sa maman, même si elle l'aimait beaucoup. Elle paraissait une enfant normale, avec parfois des caprices et des crises de désespoir, mais sa mère adoptive s'est aperçue petit à petit qu'elle avait un don que les autres enfants n'ont pas. Elle voyait des choses que personne ne voyait autour d'elle. À cette époque, la vieille Hana avait cessé de travailler au Bon Pasteur, parce qu'elle était fatiguée du service nocturne, et peut-être aussi qu'elle craignait qu'on ne comprenne qu'elle avait kidnappé un bébé. Ils étaient si nombreux ! Ils arrivaient par lots de dix ou douze, chaque mois, et ça devenait difficile de leur trouver des parents, surtout pour ceux qui étaient nés avec un handicap, les aveugles de naissance, les albinos ou les mongoliens. Alors la disparition de Naomi n'avait pas soulevé beaucoup d'inquiétude. Quand les infirmières de jour l'avaient interrogée, Hana avait menti avec aplomb :

« Bien sûr, elle a été adoptée par une famille.

— Mais quand ?

— La semaine dernière, des gens très bien, des gens du gouvernement, ils habitent à Namsan. Ils ont signé les papiers, ils ont même fait un don au Bon Pasteur. »

Un don, voilà qui avait éteint tous les soupçons. Mais quand Hana est partie de l'orphelinat, elle a changé d'adresse, pour être sûre qu'on ne vienne pas lui poser d'autres questions. Pour élever la petite Naomi, la vieille Hana avait repris son ancien travail de cuisinière dans un petit restaurant du voisinage, au sous-sol d'un immeuble, non loin de Jongno. Naomi allait à l'école dans le quartier, elle avait déjà appris à lire et à écrire, et à chanter. Elle avait une jolie voix quand elle chantait les chansons enfantines, certaines en anglais. Mais le don secret qu'elle possédait est apparu un jour, alors qu'elle se promenait avec sa mère adoptive dans la colline au-dessus de Jongno. Elle a montré un arbre, un grand arbre isolé au pied d'un escarpement rocheux :

« Il y a une femme qui nous regarde. »

La vieille Hana écarquilla les yeux.

« Où ça ? je ne vois rien. »

Naomi insistait.

« Si, regarde, elle est habillée de blanc, elle est très belle. Elle sourit. »

Hana avait attribué cette vision à la fantaisie d'une petite fille trop solitaire. Elle n'en avait parlé à personne. Pour lui changer les idées, elle avait inscrit Naomi à un cours de chant après l'école. Une autre fois, alors qu'elles marchaient dans la rue, en revenant de la chorale, Naomi avait parlé d'oiseaux dans le ciel, beaucoup d'oiseaux, qui volaient en traçant de grands cercles, sans crier, juste avec le bruit de leurs plumes dans le vent. Pourtant, dans le ciel clair, il n'y avait rien, pas même un *chebi*, pas même un avion. Alors Hana a compris que Naomi n'était pas une enfant comme les autres, elle avait reçu un don pour voir l'invisible. Puisqu'elle avait ce don, la vieille Hana a pensé qu'elle devait connaître Dieu. Elle a emmené Naomi au temple de Bongwonsa, un peu sur les hauteurs de la ville. C'était une belle journée ensoleillée du commencement de l'hiver, les arbres étaient rouillés, le taxi les a déposées à l'entrée du temple, et elles ont commencé à marcher dans les allées. Devant les images saintes, Hana s'est prosternée plusieurs fois, et Naomi l'a imitée. Elles ont allumé ensemble les bâtonnets d'encens et elles les ont plantés dans le grand pot de terre cuite rempli de terre blanche. Puis elles sont reparties, descendant à pied la route jusqu'à l'arrêt des bus pour retourner à Dong dae, où elles habitaient. « Qu'as-tu vu au temple ? » a demandé Hana un peu plus tard – elle imaginait que Naomi avait reçu la bénédiction de Dieu, et qu'elle était transformée, transportée de joie. Naomi s'est seulement plainte d'avoir mal aux pieds. Peut-être que ce n'est pas son Dieu, a pensé Hana. Peut-être qu'elle est née chrétienne, après tout je ne connais rien de sa famille. Alors Hana l'a conduite à l'église de Myeongdong, une grande bâtisse de brique au cœur du quartier animé, entourée de cinémas, de *pizza parlors* et de cafés. Mais Naomi n'a pas aimé davantage. Elle s'est même plainte :

« C'est sombre ici ! a-t-elle dit. Pourquoi les gens ont l'air aussi triste ? »

La vieille Hana était perplexe. « Si Naomi n'est pas bouddhiste ni chrétienne, qu'est-ce qu'elle est ? » Un samedi, comme il n'y avait pas d'école, Hana a préparé l'expédition. C'était à l'autre bout de la ville, dans le quartier de Wooi-dong, de petites rues autour de la gare des bus. Dans une sorte de garage, une grande femme, l'air un peu hommasse, dansait sur des sabres. Elle était vêtue de plusieurs robes qu'elle détachait l'une après l'autre, en tournant sur elle-même. À ses pieds, elle portait de grandes baskets américaines rouge et blanc, et des bracelets de cuivre s'entrechoquaient à ses poignets. Les familles avaient déposé des offrandes, des bouteilles d'alcool, des fruits, des cigarettes, et de l'argent dans des enveloppes blanches entrouvertes. Hana a mis elle aussi un peu d'argent, et elle a voulu présenter sa fille pour qu'elle reçoive la bénédiction de la femme. Naomi est restée en arrière, elle ne voulait pas se montrer, elle cachait son visage dans les jupes de Hana.

« N'aie pas peur, viens, donne-lui ton enveloppe ! »

Mais Naomi a refusé d'approcher, sa petite main tenait l'enveloppe toute froissée, elle refusait de la lâcher. La femme continuait à tourner sur elle-même, elle regardait Naomi à chaque tour, d'un air de colère, ou d'ironie, sa bouche proférait des mots incompréhensibles, d'une voix tantôt grave, tantôt aiguë, elle frappait en même temps sur un petit tambour. Autour d'elle, par terre les robes jetées faisaient des formes fantastiques à la lumière de la barre de néon. Puis Hana a compris que l'attitude de Naomi dérangeait la cérémonie, les familles étaient venues pour recevoir la bénédiction, pour que leurs fils réussissent aux examens d'entrée à l'université nationale, ils les regardaient de travers, tout risquait de foirer. Elles se sont sauvées la tête basse, et dans le métro qui les ramenait vers Dongdo la vieille Hana s'est sentie coupable, sous le regard noir de la petite fille. « Pourquoi est-ce que nous sommes allées voir cette méchante femme ? » a demandé Naomi un peu plus tard. Hana n'a pas su quoi répondre.

C'est à cette époque-là que Naomi a commencé à parler des Dragons.

Comme je m'arrête de parler un instant, Salomé a dit d'une voix rêveuse : « Je suis née l'année du Dragon, tu le savais ? »

Elle ne m'a jamais parlé de son âge, mais je fais un rapide calcul :

« Ça ne peut être qu'en 1977. »

Salomé : « Le premier février 1977. »

Ça lui fait donc trente-neuf ans, ou si on calcule comme les Coréens, à peu près quarante ans. Pour la première fois, j'ose lui poser la question :

« Pourquoi tes parents t'ont appelée Salomé ? C'est le nom d'une salope, non ? » J'ai utilisé le mot anglais « *bitch* », parce que c'est exactement le mot qui convient au personnage.

Salomé s'énerve tout à coup, elle répond du tac au tac : « Non, c'est moi qui ai choisi ce nom, parce qu'une femme qui danse c'est tout ce que j'aurais voulu être ! Elle danse bien, Salomé, alors les hommes lui en veulent, sauf son oncle, mais ceux qui lui en veulent sont jaloux de sa célébrité, c'est comme la petite Nabi, les gens n'aiment pas qu'on soit heureuses, ils maudissent la fille qui danse, et un jour, voilà, elle leur coupe la tête ! » C'est radical.

Salomé reste rêveuse. L'après-midi est déjà bien avancé, et la lumière de l'automne a pris les couleurs des feuilles des ginkgos dans l'avenue qui longe son immeuble. Je pense que ce qu'elle veut entendre, c'est une histoire de couleurs, une histoire d'arbres et de montagnes, pour échapper à l'immobilité de son appartement, pour respirer.

Naomi a pris l'habitude de regarder le ciel, il n'y a que ça qui l'intéresse. Chaque jour, elle tire la vieille Hana par la main, elles sortent dans la rue, elles marchent vers le canal, loin des immeubles. Elle regarde les nuages.

« Qu'est-ce que tu vois, Naomi ? demande Hana.

— Ce que je vois ne bouge pas, dit Naomi. C'est comme deux grands serpents enroulés, ils attendent.

— Ils attendent quoi ? insiste Hana.

— Ils attendent leur jour », dit simplement Naomi, et Hana se demande ce que signifie ce jour, cette heure.

Parce qu'elle regarde le ciel entre les immeubles, ou quand elles marchent jusqu'au pont de Samilgyo, elle ne voit rien, même quand elle plisse très fort les paupières. Un dimanche, elles prennent le métro de la ligne bleue, elles sont descendues à Chungmuro, pour marcher vers la montagne. Dans les pins il y a encore le bruit des cigales, et un autre cri, plus aigu, un cri d'oiseau. Naomi serre fort la main d'Hana. « Ici je peux voir les Dragons, dit-elle. Ils n'aiment pas le bruit de la ville, ils se cachent quand il y a trop de monde, trop de voitures. » Elles ont marché jusqu'à la route qui mène au sommet de la montagne, à bonne distance du tramway. Elles sont assises sur un banc de pierre, et Hana lit pour Naomi la stèle qui parle de Yun Dong-ju. Elle lit les mots du poète, mais peut-être qu'elle les connaît par cœur, en souvenir de la guerre où son grand-père a trouvé la mort.

Une étoile pour les souvenirs et
Une étoile pour l'amour
Une étoile pour la mélancolie et
Une autre pour le désir
Une étoile pour la poésie et
Une autre étoile pour ma mère

Naomi écoute attentivement, puis elle dit : « J'aime bien la poésie quand ça parle des étoiles. »

Après ce jour, Naomi parle souvent des deux Dragons. Elle ne dit pas comment ils sont, ni d'où ils viennent. Elle dit seulement des choses étranges, comme : « Le jour où les Dragons se réveilleront... » Ou bien : « Quand ce sera leur moment, les Dragons se retrouveront. » Comme elle est encore petite, la vieille Hana pense qu'elle imagine, alors elle lui achète des livres illustrés qui parlent de dragons. Elle lui raconte même un jour l'histoire qu'elle a entendue, quand elle était enfant, à propos du Dragon de la mer : « Autrefois, dans le sud de la Corée, près d'une ville qui s'appelle Mokpo, vivait une vieille paysanne. Elle était seule au monde, parce que son mari et ses deux fils étaient morts à la guerre. Elle vivait en fabriquant des gâteaux de riz qu'elle allait vendre au marché de Mokpo tous les jours. Et voilà qu'un jour, alors qu'elle suivait la route qui va à la ville, elle a rencontré un tigre. Le tigre était affamé, il s'est approché pour manger la femme, mais celle-ci a jeté un gâteau de riz, et s'est enfuie en courant. Mais elle ne courait pas très vite, et déjà elle sentait le tigre sur ses talons, alors elle a jeté un deuxième gâteau, puis un troisième, puis encore un autre, mais le tigre dévorait tout et chaque fois il reprenait sa poursuite. À un moment, la vieille paysanne est arrivée sur une plage. Elle n'avait plus aucun gâteau à jeter, alors elle a imploré le Dragon de la mer : "Grand Dragon, a-t-elle crié, aide-moi, s'il te plaît, sauve-moi de ce monstre !" Elle n'avait pas plus tôt poussé ce cri que la mer s'est ouverte, et le Dragon de la mer est apparu. Il a dit à la paysanne : "Traverse la mer avec moi, de l'autre côté tu échapperas au tigre." Et c'est ce qui s'est passé, le Dragon a retenu la mer et la vieille femme a pu passer de l'autre côté jusqu'à l'île et ainsi elle a eu la vie sauve. » Naomi a demandé : « Comment était ce Dragon de la mer ? Raconte-moi. » Mais Hana n'a pas su répondre. Elle a seulement dit, comme le disait Naomi : « Il est un Dragon, comme ceux que tu vois. Personne d'autre que cette paysanne ne l'a vu, et pourtant il existe, il dort dans la mer. »

Naomi n'a pas posé d'autres questions. Elle sait que dans le ciel vivent ces deux Dragons. Elle ne les voit pas, elle sent juste leur présence, c'est pareil au souffle du vent chaud en été, ou bien aux tourbillons qui emportent les feuilles d'or des ginkgos. « Quand leur heure viendra, ils se retrouveront, comme deux frères jumeaux qui ont été séparés à la naissance. » Elle renverse la tête en arrière, assise sur le banc devant la stèle de Yun Dong-ju. « Celui qui a écrit les poèmes les a vus, j'en suis sûre. » La vieille Hana n'en doute pas non plus. Elle dit : « C'est toujours comme ça quand il y a une guerre, ou une calamité, les deux Dragons bougent dans leur sommeil, et quand ils se réveillent, c'est le jour du jugement. » Elle pense qu'elle mélange tout, la Bible, les commentaires de Bouddha et même les histoires à dormir debout que lui racontait sa grand-mère quand la guerre s'est finie.

J'ai revu le *stalker*.

En réalité, je pense qu'il ne m'avait jamais vraiment lâchée. C'est un expert, ce ne sont pas quelques gouttes de pluie qui pouvaient le décourager. Je l'avais sous-estimé. C'est dans le métro que je l'ai reconnu. Il ne ressemblait pas à celui que je voyais naguère, quand j'habitais El Sordido. Il m'a paru plus grand, vêtu d'un costume élégant, chaussé de souliers en cuir noir à la mode, un peu trop pointus. Au lieu de son ridicule bonnet de laine noire qu'il mettait en été, il portait un petit chapeau bleu-gris, comme ces gens qui vont aux courses de chevaux, ou bien dans les cafés huppés des grands hôtels de Jamsil.

D'ailleurs c'est à Jamsil que je l'ai revu. J'avais un rendez-vous dans un immeuble de bureaux pour une traduction de l'anglais, pour le service d'une compagnie. Des assureurs, ou des brokers, je n'étais pas très sure, je répondais à une annonce sur *jobkorea*. Le salaire était très convenable, et c'était la période d'avant les examens à l'université, donc la *bitch* avait repris ses cours et n'avait plus besoin de moi. Je n'étais pas allée voir Salomé depuis deux mois, j'avais vraiment besoin de cet argent pour payer mon loyer. Le rendez-vous à Jamsil était à neuf heures du soir, le quartier s'était vidé de ses employés de bureau, le grand immeuble semblait un paquebot éclairé, mais complètement désert. Sur la glace du wagon, j'ai reconnu la silhouette. Il était à quelques rangées derrière moi, et il me regardait. Je crois que c'est son regard que j'ai reconnu d'abord, cela appuyait sur mon dos, un peu au-dessous de la nuque, et j'ai senti comme une eau froide le long de ma colonne vertébrale. Mais j'étais dans le métro, il y avait du monde partout, les gens descendaient, montaient à chaque station. Quand mon arrêt a été annoncé, j'ai décidé de ne pas bouger, de descendre au dernier moment, juste avant que les portes se referment. J'avais vu ça dans des films. Ça me semblait une bonne idée. J'ai marché vite dans les couloirs du métro, pour aller à la sortie 4, qui est proche de l'immeuble de la Compagnie. Malgré le brouhaha, j'entendais les pas du *stalker* derrière moi, loin, il marchait au même rythme que moi, et les talons en plastique de ses chaussures neuves résonnaient dans les couloirs, c'était tout à fait comme dans les films. Je sentais mon cœur battre à toute vitesse, malgré le vent froid des couloirs je transpirais. Vers la fin du couloir, il n'y avait plus personne, seulement moi, et ce bruit qui martelait le sol. J'ai essayé de réfléchir : si je me mets à courir, il courra plus vite que moi, et je lui enverrai le message que je sais qu'il est là, que j'ai peur de lui, que je suis à sa merci.

Si je me cache, par exemple dans la boutique qui vend des parapluies et des ceintures, il comprendra où je suis, il attendra que je sorte, parce que je ne peux pas rester indéfiniment dans une boutique de trois mètres carrés avec une vieille qui me dit : alors qu'est-ce que vous achetez ? J'ai cherché un uniforme, un policier, un employé du métro, ou même un militaire, pour demander du secours, mais c'est quand vous en avez besoin que vous n'en rencontrez pas. Et s'il avait des complices ? Et si le policier était déguisé, et qu'il en profite pour me prendre par les poignets, me menacer ? J'ai pensé téléphoner, mais aucun numéro ne m'est venu à l'esprit. J'étais vraiment seule au monde. J'ai même pensé une seconde à Salomé, c'était stupide, qu'est-ce qu'une pauvre infirme pouvait faire pour moi ? J'ai juste pensé à elle pour l'histoire, comme si le dénouement pouvait être plus important que la réalité. Elle dirait : « Et alors ? »

Et je pourrais trouver la fin qui explique tout, la fin qui rassure, la ruse finale qui me permet de me sauver, de rester en vie. Et assez curieusement, cette pensée m'a guérie de ma peur. Puisque je pouvais imaginer une fin, puisque je pouvais me voir en train de courir, avec les pas mécaniques de cet homme chaussé de grands souliers noirs vernis, avec son petit chapeau de maverick vissé sur son crâne, c'est que j'étais la maîtresse de la situation, elle pouvait se transformer, elle pouvait s'arrêter, elle pouvait se dissoudre comme une image obsédante de rêve qui s'effiloche de minute en minute aux rayons du soleil du matin. C'était cela même, je vivais un rêve. J'étais le personnage du rêve, et en même temps je me voyais agir, marcher, balancer les bras, serrer mon sac à bandoulière contre la hanche, tourner un peu la tête pour capter le reflet du *stalker* dans une vitrine, compter ses pas, une-deux, une-deux, une-deux, j'accélérais pour entendre une-deux, une-deux-trois, comme ces enfants qui ressautent un pas pour marcher plus vite, je souriais même d'avoir eu une telle idée. Quand je suis arrivée à la sortie 4 j'ai hésité. Et si j'allais à la 6, et que je traverse l'avenue ? Je pouvais courir entre les voitures, profiter du chaos de la circulation du soir sur Jamsil pour m'échapper. Mais c'était inutile. Si ce n'était pas aujourd'hui, ce serait demain, ou après-demain. Après tout j'étais allée au plus loin, de l'autre côté de la ville, jusqu'à Oryu-dong, et ça n'avait servi à rien. J'étais sûre qu'il m'avait suivie jusque-là, il était passé sous le pont de Brooklyn, et devant les restaurants de porc, il m'avait vue entrer dans l'immeuble, il était resté en bas sur le trottoir jusqu'à ce que la fenêtre de ma chambre s'éclaire. Il avait allumé une cigarette de contentement, il l'avait fumée sans bouger. Et moi j'avais cru que j'étais loin de tout ça, que j'avais coupé les ponts, que je m'étais sauvée.

Après la peur, je crois que je ressentais de la colère à présent. C'est ça qui faisait battre mon cœur, qui gonflait ma poitrine. Comment avais-je pu être aussi naïve ? Est-ce que je ne connaissais vraiment rien à la vie ? Est-ce que j'avais vécu tout cela, la méchanceté de la cousine, le dédain de ma tante, la solitude, et surtout la pauvreté, ne rien manger qu'un peu de riz sec avec du kimchi rance, ne rien boire que l'eau tiède du robinet, pour être la proie d'un animal féroce, pour finir peut-être dans un sac en plastique noir, coupée en morceaux, ficelée et jetée dans la rivière Han ? Toutes ces idées se bousculaient dans ma tête tandis que je montais les marches qui conduisaient vers la rue, puis que je marchais sur le trottoir au milieu des passants, vers le grand immeuble éclairé comme un bateau au bord d'un quai.

Et puis j'ai compris tout d'un coup que le *stalker* n'était plus derrière moi. Dans les rétros des voitures stationnées, dans les vitrines des magasins, je ne voyais plus sa silhouette. Je ne pouvais pas entendre les pas, parce que le chahut de l'avenue était à son comble, moteurs de voitures, ronflements aigus des autobus lancés au milieu de la chaussée, musique dans les bars et les devantures des magasins de téléphones ou de produits de beauté, haut-parleurs, bonimenteuses, arnaqueuses sur les pas-de-porte. À un moment, traversant une ruelle, une femme est venue vers moi, elle était habillée d'une robe blanche, dans le genre des infirmières, ou bien était-ce une robe de mariée, elle avait l'air jeune, mais en approchant j'ai vu qu'elle avait un visage mangé, ridé, des cheveux gris emmêlés sous son bonnet, elle portait un masque hygiénique. Quand elle est arrivée devant moi, elle a crié quelque chose, je n'ai pas compris, je me suis écartée pour la laisser passer, elle m'a regardée et elle a répété : AIDS ! AIDS ! Les piétons l'évitaient comme si elle était pestiférée.

En me retournant, non pas pour la suivre du regard, mais sous ce prétexte, j'ai pu vérifier que le *stalker* avait bien disparu, et je me suis arrêtée pour reprendre mon souffle, le temps de penser : Et si je m'étais trompée ? Ou bien : Peut-être qu'il a croisé un policier, qu'il a eu peur que je le dénonce ? Ou encore : Ce n'est pas encore le jour, aujourd'hui. C'est comme les Dragons du ciel, il attend son jour. Il ne se manifestera que lorsque le moment sera venu. Mais quand ? Quand décidera-t-il que c'est le jour ? Pourquoi demain plutôt que maintenant, pourquoi ici, à Jamsil, plutôt qu'à Oryu, ou dans la rue de Salomé ?

L'entrée de l'immeuble est juste devant moi, je n'ai que quelques pas à faire avant de pousser la porte tambour. Mais je suis arrêtée. Je ne comprends pas tout de suite, puis je vois le bras qui me retient par l'épaule, et l'autre bras, fort et épais comme une branche d'arbre. Je ne peux pas crier, je ne peux plus bouger. Mes jambes tremblent, mon cœur bat à toute vitesse, je n'arrive pas à respirer. Il est là, derrière moi, il me retient. Sa voix parle dans mon oreille, je ne comprends pas ce qu'elle dit. Des mots tranquilles, des mots dans un souffle. « N'entrez pas là, n'y allez pas, c'est un piège, quelqu'un vous attend à l'intérieur pour vous faire du mal. » Il n'y a personne devant l'immeuble, personne de l'autre côté de la porte. Le hall d'entrée est sombre, à travers le verre teinté de la porte les lampes du plafond ont la forme d'étoiles à quatre rayons. Je vois les portes des ascenseurs, c'est là que je devais aller, au douzième étage, c'est là qu'est mon rendez-vous. La voix répète près de mon oreille : « N'entrez pas, c'est un guet-apens, si vous y allez vous risquez votre vie. » Je réussis à dégager un bras, je me faufile sous l'étreinte de l'homme, je le repousse. « Qui êtes-vous ? Qu'est-ce que vous me voulez ? » Il a lâché prise, il fait deux pas en arrière, à contre-jour je ne vois pas les traits de son visage, je reconnais seulement son petit chapeau à carreaux, son costume. Il est moins grand que je ne l'avais cru, moins fort. Je ne sais pas s'il sourit, comme il l'a fait quelquefois. Il sent la cigarette, l'alcool. Ce sont des odeurs qui me rassurent. « Comment le savez-vous ? » Maintenant je n'ai plus peur de lui, c'est un homme comme les autres. Son petit chapeau paraît ridicule. « Qui êtes-vous ? Comment vous vous appelez ? »

Il ne répond pas tout de suite. Il répète toujours la même phrase : « N'allez pas dans l'immeuble, quelqu'un vous attend, vous courez un grave danger. » Je n'accepte pas sa phrase. Je crie : « C'est vous le danger, vous m'avez suivie depuis des mois, qui êtes-vous ? » Il répond, comme si c'était normal : « C'est mon travail de vous suivre, on m'a engagé pour vous protéger. » Il ajoute sa fameuse phrase, avec un ton un peu emphatique, puisque je ne veux pas comprendre : « Il y a quelqu'un qui vous attend dans l'immeuble, quelqu'un qui vous fera du mal, qui vous tuera. » Maintenant, je suis à côté de la porte. Je la regarde encore, et le hall vide et sombre me repousse, je ne peux plus entrer.

« Qui vous a payé ? Qui vous a demandé de me protéger ? Je ne vous crois pas. » Puis je comprends. La seule personne qui peut le faire, la seule qui connaît tout de moi, qui a l'argent et le pouvoir, l'imagination aussi, c'est elle, l'infirme sur son fauteuil, qui s'est servie de Frederick Pak, a tout organisé, tout manigancé depuis son salon jaune à l'autre bout de la ville. C'est tellement absurde que je ne peux pas me retenir de rire, de ricaner plutôt. « Eh bien, allez lui faire votre rapport, allez lui dire ce qu'il s'est passé. Allez lui raconter votre histoire, comment vous m'avez poursuivie dans le métro, et vous m'avez empêchée d'aller à mon rendez-vous, et vous m'avez sauvé la vie ! »

Je tourne les talons, je m'en vais sans me retourner, je marche dans la grande avenue vers Jamsil, et sans m'en rendre compte tout de suite, sur ma route, je passe devant l'entrée de l'église des Chrétiens, une large porte à double battant fermée surmontée d'une enseigne lumineuse en néon, là où Nabi a commencé sa carrière de chanteuse, il y a très longtemps, je crois que ça s'est passé au début de mon arrivée dans cette grande ville de Séoul, quand j'allais moi-même dans le sous-sol de la librairie de Jongno pour feuilleter les policiers japonais, et surtout les petit romans de la Chinoise Di'an qui écrit pour les filles naïves et provinciales de tous les pays du monde. Là où j'ai rencontré Frederick Pak. J'ai pensé que Salomé a sans doute engagé le *stalker* pour que je lui raconte la peur que j'éprouverais d'être suivie par un inconnu. J'ai pensé aussi qu'elle ne connaîtrait jamais la fin de l'histoire de l'assassin *wannabe,* pour la bonne raison que son ange gardien m'avait empêchée d'entrer là où le meurtrier m'attendait. Tant pis pour elle !

Après tous ces événements extraordinaires, j'ai décidé de changer encore une fois de domicile. Quitter Oryu-dong. Maintenant, je n'ai plus peur du *stalker.* Je ne sais pas s'il a continué son travail d'ange gardien, peut-être que Salomé l'a relevé de ses fonctions, parce qu'un surveillant qu'on identifie ne vaut rien. C'était comme un jeu, en s'approchant de moi, en m'avertissant du danger, il avait manqué aux règles. Puis j'ai reçu des appels de M. Pak, alias Frederick, qui proposait qu'on se revoie. Nous nous sommes rencontrés au café Lavazza où nous nous retrouvions autrefois, du côté de la station Anguk. C'est dans ce petit quartier que j'ai trouvé mon nouveau bonheur, une chambre indépendante au premier étage d'une petite maison dont la propriétaire est une *ajumma* chinoise du nom de Mme Lu Lu, qui vit avec trois chats. Quand je reviens des cours à Hongdae, je m'installe au café devant un cappuccino, et en attendant M. Pak j'écris dans un petit cahier aux feuilles blanches, tout ce qui me passe par la tête, des chansons, des poèmes, ou même des axiomes. J'aime bien écrire mes rêves maintenant. M. Pak me donne de temps en temps des nouvelles de Salomé – en vérité, elle ne s'appelle pas Salomé, elle s'appelle Kim Se-Ri, et M. Pak en parle si bien que je crois qu'il a été son amoureux autrefois, il y a vingt ans, quand lui était encore un écolier. C'est ce que j'imagine, mais bien sûr je ne peux pas aborder ce sujet avec lui.

« Elle a beaucoup baissé, dit Frederick. Elle est en train de s'éteindre jour après jour, elle te demande. Et toi tu refuses de recevoir ses messages. » En quoi ça le regarde ? Je suis sarcastique : « Tu es son messager maintenant ? » Il hausse les épaules. « Ça ne te ressemble pas d'être méchante. » Qu'est-ce qu'il en sait ? D'abord on ne naît pas méchant, on le devient. C'est un des axiomes que j'ai écrits dans mon carnet.

J'ai décidé de résister, de ne plus me laisser prendre au piège des autres. Tous, ils demandent quelque chose, ils ne peuvent pas m'oublier. Avant de déménager, j'ai été harcelée tous les jours par les appels de ma tante. Ma cousine, la délicieuse Paek Hwa, avait fugué ! Toute la famille était aux cent coups ! Je devais absolument faire quelque chose, on craignait pour sa vie, ou pis encore, pour sa vertu ! Comme si elle avait quelque chose à perdre dans ce domaine ! Au début, j'ai rappelé le numéro de ma tante, pour lui expliquer que je n'avais aucune idée de ce que cette fille faisait, ni avec qui, ni où. Ce n'était pas la bonne réponse. Ma tante m'a injuriée, m'a traitée d'égoïste, de menteuse, de profiteuse. Après tout ce qu'elle et sa fille avaient fait pour moi, pour m'accueillir quand j'étais arrivée de ma province, et que je ne connaissais rien à Séoul, j'étais la fille de marchands de poissons du Jeolla-do, juste capable d'écailler les merlus. J'ai raccroché, et je n'ai plus pris les appels. Il y a eu une suite de messages, les uns larmoyants, les autres menaçants. J'ai même craint que la furie ne débarque chez moi un jour, qu'elle ne prenne le métro jusqu'à Oryu-dong et qu'avec sa ruse coutumière elle ne se fasse donner les clefs et qu'elle ne s'installe dans ma chambre, assise sur mon lit, les jambes écartées, le regard charbonneux. Pour cette raison j'ai commencé à rechercher un autre chez-moi, le plus loin possible.

Ensuite, elle a changé de tactique. Elle a obtenu de ma mère qu'elle me téléphone au sujet de Paek Hwa. Je parle avec ma mère à peu près une fois par mois, juste quelques mots, pour se tenir au courant, le temps qu'il fait, le travail, les soucis d'argent. Je pense souvent à retourner là-bas, au Jeolla-do, j'ai parfois un peu mal au cœur quand je pense au village, à la rue où il ne se passe rien, juste quelques batailles de chiens, et le samedi les ivrognes qui tombent dans les champs de patates douces. Mais la mer me manque, j'aime bien flâner sur le port, à Mokpo, pendant que ma mère négocie avec les pêcheurs l'achat des poissons-sabres et des calmars. J'aime bien l'odeur de la mer, le bruit du vent, les lumières des bateaux de pêche au large, pareils à de grands animaux immobiles suspendus dans la nuit.

« Pense à nous, ma chérie, a dit ma mère. C'est la fille unique de la sœur de ton papa. Elle est de notre sang. Tu ne peux pas l'ignorer. » Pour la calmer j'ai dit que je m'en occuperais.

« Dès que les examens seront passés, j'aurai un peu de temps. »

J'ai menti. Je savais que je n'allais pas bouger un doigt pour Paek Hwa. Ma tante n'avait qu'à engager un détective privé, si elle voulait je pourrais lui donner l'adresse de mon *stalker*. Je ne sais plus si c'est ce que j'ai dit à ma mère, et si elle l'a répété à ma tante, mais ça a creusé un grand fossé entre nous, et j'ai eu la paix. Puis j'ai su quelque temps après que Paek Hwa était revenue à la maison. Son père l'a giflée, sa mère l'a engueulée, puis ils lui ont pardonné, et tout est rentré dans l'ordre. C'est comme ça qu'on fabrique des délinquantes et des filles perdues. Axiome, encore.

J'ai compris alors ce qui se passe dans ma vie ; je n'y avais jamais vraiment réfléchi, à quel point tout est étrange, incroyable. Je ne sais pas si c'est un hasard, ou si c'est une sorte de rêve éveillé. Lorsque j'y repense, il me semble que tout a été ordonnancé pour accomplir cette histoire, que j'ai été en quelque sorte la messagère d'un ordre supérieur, céleste, et qu'après cela je ne pourrai plus jamais être la même personne. Voici, c'est ma dernière histoire, que je raconterai à Salomé avant qu'il soit trop tard. C'est pour elle que j'ai envie de l'inventer, pour lui expliquer qu'elle a été la seule personne qui a compté dans ma vie, plus que mes propres parents, plus que Frederick ne le pourra jamais, la seule personne parmi les millions et les millions d'êtres humains qui existent dans cette ville de Séoul, dans tous ses quartiers, tous ses immeubles, ses rues et ses routes, ses ponts et ses tunnels de métro, et même dans sa grande rivière Han qui a vu toutes les guerres, les crimes, les passions se dérouler sur ses bords. Et son eau vert et jaune coule toujours, descend vers la mer, se mélange à l'eau sale de l'océan, ne revient jamais.

La traversée du pont de l'arc-en-ciel, pour Salomé, à l'hôpital Severance, avril 2017

Ceci est une histoire vraie, ma seule histoire vraie. Je ne veux pas dire que les autres histoires que j'ai contées à Salomé, pour la guérir de sa douleur, étaient fausses, mais je les ai arrangées pour qu'elles lui plaisent, j'ai ajouté des petits mots doux, des petits mots durs, pour qu'elle comprenne que ça se passe dans le monde qu'elle ne connaît pas, le monde où l'on bouge, où l'on sent la chaleur du soleil, le froid du vent d'hiver, la pluie, la neige. Le monde qui est cruel et égoïste, parce qu'il ne s'occupe pas d'elle. Le monde auquel elle ne manquera pas quand elle mourra.

Un dimanche matin de bonne heure, la petite Naomi est descendue de l'appartement de sa mère, au douzième étage de la tour B du complexe de Jongno. Devant l'immeuble, il y a un petit jardin tout en longueur, bordé d'arbres. Dans la neige, au pied d'un arbre – un magnolia qui ne perd jamais ses feuilles en hiver –, Naomi aperçut une petite boule de plumes brunes, immobile et frissonnante, un oiseau qui paraissait endormi. Quand elle s'est approchée, l'oiseau a ouvert son bec et il a crié : « Ppyak-ppyak ! » Naomi s'est accroupie pour le regarder, elle lui a demandé : « Eh bien, qu'est-ce qu'il t'arrive ? Tu t'es perdu ? » Il a répondu avec ce même petit cri aigu : « Ppyak-ppyak ! » En même temps il battait des ailes et secouait les plumes de son cou qui devenaient tout ébouriffées. Naomi est restée un moment sans bouger, et quand elle a voulu partir, l'oiseau s'est levé pour la suivre, il s'est réfugié entre ses pieds. Il relevait la tête, il secouait ses ailes, il criait toujours son cri, « Ppyak ! », pour dire : « Prends-moi ! » Naomi a pensé que si elle le laissait là, les chats du quartier n'en feraient qu'une bouchée. Alors elle l'a pris dans ses mains, il s'est laissé faire, ses petites pattes s'agrippaient aux doigts de Naomi comme si c'étaient des rameaux de branches, ses ongles entraient dans sa peau. Naomi est remontée à l'appartement, et comme sa mère n'était pas là, et qu'elle ne savait pas où le mettre, elle l'a posé sur une serviette, dans le lavabo. Elle lui a donné à boire un peu d'eau, d'abord dans un verre à dents, mais il ne savait pas comment faire, puis dans le creux de sa main, et il a bu précipitamment toute l'eau, ça devait faire un bon bout de temps qu'il était tombé de l'arbre, et qu'il n'avait pas bu ni mangé. À la chaleur de l'appartement, il a semblé plus vivant, il a secoué ses plumes, il a battu des ailes, et Naomi a découvert les plumes de ses ailes d'une couleur merveilleuse, d'un bleu vif, avec quelques plumes noires pour les border. Il était sûrement la chose la plus belle que Naomi avait jamais vue. Elle a attendu le retour de la vieille Hana, et quand celle-ci a vu l'oiseau, elle s'est écriée : « C'est un geai, ton oiseau, un geai de la forêt, on l'appelle Uh-tchi. » Alors c'est le nom que Naomi lui a donné : O'Jay, comme s'il était irlandais. Hana a dit qu'il mourrait probablement, parce que les petits oiseaux tombés de leur nid n'ont plus leur maman pour les nourrir. « Qu'est-ce qu'il mange, O'Jay ? » Hana a dit qu'il mangeait de tout, surtout des insectes et des chenilles qu'il trouve dans les arbres de la forêt. Heureusement, la vieille Hana est une fille de la mer, elle sait bien où on peut trouver les vers pour la pêche. Elle a emmené Naomi au marché de Namdaemun, près de la gare, parce que là il y a de petites échoppes où on vend les appâts pour les gens qui partent à la pêche, et elles ont rapporté un sac d'asticots. Naomi a donné son premier repas à O'Jay avec des baguettes en bois, elle tenait l'asticot devant son bec, et il l'avalait. Puis il se secouait de contentement, et ensuite il ouvrait à nouveau le bec très grand, en poussant son cri aigu, son « Ppyak ! » pour demander un autre asticot. Toute la semaine qui a suivi fut pour Naomi et pour la vieille Hana un ravissement. Elles se relayaient pour donner à manger à O'Jay, elles lui parlaient, elles nettoyaient ses crottes. Naomi s'est rendu compte qu'O'Jay aimait bien faire ses crottes sur du papier, et la vieille Hana est allée chercher de vieux journaux, et même des livres d'occasion. Au début, elle a essayé de faire dormir O'Jay dans une cage, mais il n'en voulait pas, dès qu'on l'enfermait il criait son Ppyak ! le plus désespéré, et Naomi le prenait dans ses mains. Il ne la quittait plus. Partout où elle allait, O'Jay la suivait, même à la salle de bains et aux toilettes. Hana a expliqué : « Tu es la première personne qu'il a vue en tombant de son nid, alors il a pensé que tu étais sa maman. »

Quand Hana partait pour son travail, elle installait O'Jay sur une branche d'arbre cueillie dans le jardin de l'immeuble, qu'elle avait attachée au lavabo avec du papier collant. Et quand Naomi revenait de l'école, elle se précipitait dans l'appartement le cœur battant, O'Jay l'accueillait avec son cri aigu, pour dire : « Maman, j'ai faim ! » en battant ses merveilleuses ailes bleues. Naomi lui donnait à manger des asticots, lui faisait boire de l'eau dans sa main, puis elle s'allongeait par terre, elle mettait O'Jay sur sa poitrine pour le réchauffer. « Écoute mon cœur », disait-elle. Elle savait que les bébés n'aiment rien de plus que d'entendre les battements du cœur de leur maman, et puisque O'Jay avait décidé qu'elle serait sa maman, il avait besoin d'être rassuré.

La chambre d'hôpital est le contraire de son appartement, c'est tout blanc, la fenêtre est un carré de lumière crue, que tamisent à peine les stores de plastique. Salomé est allongée sur le lit, le haut de son corps est pris dans une sorte de cylindre de fer qui pompe, expire. Je vois d'elle seulement les jambes maigres, les pieds, et les bras, et le visage émacié. Autour des yeux la peau est grise, et ses cheveux sont tenus en arrière par des pinces. Mais elle a toujours le visage régulier de *Sister Swallow* de Swinburne. Renversée en arrière, les yeux fermés, la bouche amincie par la maladie dans une sorte de sourire pâle, elle ressemble aussi à Ophelia peinte par John Everett Millais, que j'ai beaucoup aimée quand j'avais douze ans, au point que je l'avais affichée sur le mur de ma chambre au Jeolla-do. Quand j'ai commencé à parler de Naomi, ses paupières ont un peu tremblé, parce qu'elle a voulu me faire un signe, me dire qu'elle m'écoutait, qu'elle m'attendait. Frederick m'avait prévenue : « Si tu n'y vas pas maintenant, il sera trop tard. » Ce n'est pas cela qui m'a décidée. C'est le souvenir de cet oiseau que j'ai recueilli jadis, quand j'étais enfant, et qui m'a échappé peu à peu. J'ai eu envie de partager cet oiseau avec Salomé, non pas qu'elle me soit chère comme l'a été cet animal que j'ai soigné jusqu'à la fin, mais parce que son histoire est commune à tous les vivants. C'est l'histoire la plus mystérieuse de la vie, avec l'instant de la naissance.

Naomi a vécu ces quelques semaines avec O'Jay une histoire d'amour. Quand elle revenait de l'école, elle se précipitait dans la salle de bains, et l'oiseau bleu l'accueillait avec ses petits cris, ils ne signifiaient pas seulement : « Maman, j'ai faim ! » Ils voulaient dire aussi le bonheur de la retrouver après la très longue absence dans le noir de la petite pièce. Naomi le prenait, le plaçait sur son épaule, il donnait de petits coups de bec dans son oreille, il mordillait ses cheveux. Puis commençait la séance de nourriture, les vers de farine et les asticots que Naomi lui donnait à la becquée au bout des baguettes en bois, et pour lui faire ouvrir la bouche elle disait : « A, a ! » comme toutes les mamans qui tendent une cuillerée à leur enfant. Pourtant quelque chose n'allait pas, Naomi s'en est bien rendu compte, une petite boule blanche à la base du bec. Elle en a parlé avec Hana, et elles ont décidé d'aller montrer O'Jay à l'Université nationale de Séoul, parce qu'ils ont un service pour les bêtes sauvages. C'est Yu-Mi, une copine de Hana qui travaille dans les services d'entretien de l'hôpital, qui a obtenu le rendez-vous. Le diagnostic fut cruel. O'Jay était atteint d'un virus qui tue les oiseaux sauvages, déforme leur bec et obstrue leur trachée, il était condamné, et le vétérinaire a proposé de l'euthanasier tout de suite, pour éviter les souffrances, et pour empêcher la contagion des autres oiseaux sauvages. Naomi est revenue à la maison en larmes, elle n'avait pas accepté la mise à mort, malgré les paroles raisonnables de sa mère : « Tu dois l'accepter, Naomi, c'est la seule solution pour lui, et pour toi aussi, tu ne peux pas empêcher ce qui doit arriver. » Mais comment pouvait-elle abandonner O'Jay maintenant, lui qui l'aimait et qui avait mis en elle toute sa confiance, qui la suivait partout, qui mangeait si bien, et puis après avoir mangé chantait et étirait ses ailes pour lui montrer ses plumes bleues ? Naomi ne l'avait jamais fait, maintenant elle allait prier, elle s'adresserait à tous les saints et tous les esprits qu'elle avait rencontrés dans ses rêves, pour qu'ils aident le pauvre O'Jay à guérir. À partir de ce jour, chaque instant de la vie d'O'Jay était soustrait à la destinée, c'était un jour, une heure de gagnés contre la maladie, chaque becquetée lui donnait de la force, chaque battement de cœur de Naomi faisait battre aussi son cœur dans sa poitrine, ce petit cœur qu'elle sentait à travers le duvet quand elle le tenait dans ses mains. Pour distraire O'Jay, Naomi s'est procuré un CD avec un enregistrement de chants d'oiseaux, et elle le jouait sur l'ordinateur de sa mère. Elle a recherché sur Internet les enregistrements des geais de la montagne, elle les lui a fait écouter, O'Jay ouvrait très grand ses yeux et semblait aimer cette musique. Puis la nuit, avant de dormir, Naomi l'installait sur sa branche, à côté de son matelas, pour l'écouter, pour être prête à agir s'il se passait quelque chose. La nuit, elle ne dormait pas, elle pensait à tout ce qu'O'Jay pourrait connaître s'il vivait, le goût du vent dans le ciel, le tapis vert des champs de riz au-dessous de lui, les montagnes et les forêts, l'odeur des pins au soleil quand il chasserait les vers dans leur écorce, comme Naomi le lui avait appris. « Ne meurs pas, s'il te plaît, murmurait Naomi comme une prière. Il te reste tellement de belles choses à voir dans le monde, puisque tu as échappé aux dangers et que je t'ai sauvé, ne meurs pas ! »

Salomé écoute les mots de mon histoire, je sais qu'elle l'aime parce que ses paupières s'entrouvrent parfois sur ses yeux noirs où brille une larme. Le docteur, une femme qui a l'âge de Salomé, peut-être pour cela elle ressent de la pitié pour cette femme au bout de la maladie, quand je me suis assise sur la chaise en fer à côté du lit, m'a dit : « Vous savez, elle semble n'avoir plus conscience de rien, à cause des médicaments qu'on lui donne pour alléger sa douleur. Mais parlez-lui, elle vous entendra, même si vous croyez qu'elle dort, sachez qu'elle vous entendra. » Je suis la seule à lui rendre visite chaque jour, peut-être parce que je n'ai pas de travail, et que la saison des examens est terminée. Je n'ai pas réussi mes examens, j'ai sans doute perdu une année, il est possible que je n'aie plus les moyens de continuer, et je devrai retourner là-bas, dans le sud, loin de Séoul, pour aider ma mère dans son travail. M. Pak, Frederick, puisqu'il aime tant Chopin, me dit qu'il va partir bientôt pour les States, il est accepté dans une grande université, Rutgers (qu'on prononce Ruckers, je ne sais pas pourquoi). Il ne m'a pas proposé de le rejoindre, et de toute façon est-ce que je pourrais faire cela et devenir moi aussi une *bitch* ? Salomé est en dehors de tout cela. Elle est sur une île, loin des bruits et des tempêtes, ma voix est le seul fil qui la retienne.

O'Jay perdait des forces. Lui qui au début se précipitait sur la nourriture, dès que Naomi lui tendait les baguettes en bois, détournait la tête. Il lançait de temps en temps son cri, son « Ppyak ! » aigu, mais Naomi entendait bien qu'il n'y avait plus de joie dans son appel, plutôt quelque chose comme de la colère et de la peur, une question sans réponse. Pour le distraire, elle le prenait contre elle, et ensemble ils marchaient en bas de l'immeuble, dans le petit jardin pelé, entre les arbres. Naomi pensait qu'il reconnaîtrait peut-être l'endroit où il était né, qu'il se souviendrait de sa maman, de son nid. Mais O'Jay tremblait dès qu'il était dehors, il fermait les yeux et se blottissait contre le cou de la petite fille. Le monde était trop grand pour lui, le ciel trop blanc, le vent froid pénétrait son duvet, il n'avait pas la force de s'agripper aux branches que lui tendait Naomi, ou peut-être qu'il craignait que la petite fille ne l'abandonne dans un arbre. Il n'y avait rien à faire, l'assistante vétérinaire Nuni l'avait dit : « Tôt ou tard, il faudra que tu me l'apportes, pour que nous l'aidions à mourir, c'est lui qui te le demandera, si tu l'aimes il faudra que tu lui rendes ce service. » La vieille Hana ne disait rien, mais elle regardait Naomi qui tenait l'oiseau serré contre sa poitrine, et elle soupirait. L'amour est une épreuve, pensait-elle, parce qu'elle avait ressenti tout cela quand elle avait emmené Naomi loin de l'orphelinat, c'était un engagement qu'on ne pouvait pas trahir, lorsqu'on commençait il fallait aller jusqu'au bout. La nuit, à présent, Naomi ne mettait plus O'Jay sur sa branche scotchée au lavabo. Elle le gardait avec elle, sur sa poitrine (sur une couche pour qu'il puisse faire ses crottes), jusqu'à ce qu'il s'endorme. Puis très doucement elle l'installait sur son perchoir, de peur de lui faire mal dans son sommeil. Elle l'écoutait respirer, elle n'avait jamais pensé qu'un animal aussi petit puisse faire du bruit en respirant, un petit cri aigu de temps à autre, comme s'il rêvait, un chuintement très doux. Chaque minute de son sommeil était précieuse pour Naomi. Elle s'endormait elle aussi, d'un sommeil léger, peuplé de rêves étranges. Elle rêvait de toutes les créatures qu'elle avait vues depuis sa petite enfance, certaines très douces, d'autres maléfiques, effrayantes. Elle rêvait souvent des deux Dragons dans le ciel de Séoul, qui recouvrent la ville et la rivière, et bougent parfois lentement, l'un contre l'autre. Elle rêvait qu'elle s'envolait avec O'Jay, ensemble ils parcouraient la campagne, par-dessus les forêts et les rizières, jusqu'aux îles dans la mer.

Salomé voudrait bouger, elle aussi. Peut-être que les escarres sur la peau de son dos la font souffrir, ou bien elle ressent des crampes dans ses jambes. Je la masse doucement, comme j'ai appris à le faire pour ma grand-mère. J'appuie sur les tendons durcis, sur les muscles, avec mes doigts je chasse le sang et la lymphe vers le haut, très lentement. Le respirateur fait un bruit de ressac sur les galets de la plage, le moniteur cardiaque jette ses sifflements aigus. L'infirmière doit venir bientôt, elle est pâle avec de longs cheveux noirs en chignon sous son bonnet, elle enfonce la seringue dans le tube relié à la veine de la main droite de Salomé, elle envoie son liquide nuageux qui efface la douleur. « Elle va dormir maintenant, jusqu'à demain matin. » Elle ferme les lames du store, la pénombre envahit la pièce, mais les couloirs restent éclairés par les barres de néon. Je me lève, je marche sans bruit jusqu'à la porte de la chambre.

Cette nuit-là, Naomi a été réveillée par un bruit, elle s'est levée aussitôt, et elle a vu qu'O'Jay était tombé de son perchoir. Il reposait dans la cuvette, sur la serviette blanche. Il était couché sur le côté, ses plumes frémissantes indiquaient qu'il était encore en vie. Naomi l'a pris délicatement dans ses mains, elle l'a placé contre son cœur, en lui murmurant des paroles douces. Mais O'Jay restait inerte, la tête rejetée de côté, les yeux fermés. Alors Naomi s'est souvenue des leçons de secourisme à l'école, elle a soufflé dans son bec entrouvert, pour qu'il reprenne sa respiration. « Réveille-toi, O'Jay, je t'en supplie ! » Au bout d'un instant, O'Jay s'est réveillé, ses yeux se sont entrouverts, ils regardaient Naomi mais son regard était perdu, lointain. Elle a senti qu'il tremblait, ses ailes voulaient s'ouvrir encore, montrer les plumes si bleues, pour plaire à la petite fille. Il a crié, deux fois, son « Ppyak-ppyak », il aurait aimé pousser un cri joyeux, mais c'était plutôt un cri de souffrance, parce que la vie s'échappait de son corps et qu'il essayait en vain de la retenir. « O'Jay…

O'Jay... », murmurait Naomi. Elle soufflait encore dans sa bouche, elle massait son cœur à travers le duvet. L'oiseau s'est raidi une seule fois, la tête en arrière, comme s'il essayait de s'envoler, ses ailes ouvertes dans les mains de Naomi. Il est mort.

Salomé n'entend plus maintenant. Depuis hier elle est entrée dans le coma. Le respirateur continue son bruit de mer, inspiration-expiration, son bruit cruel. Elle n'a pas crié, elle n'a pas soufflé un mot quand la vie a quitté son corps. Elle est seulement devenue très blanche d'un seul coup. J'ai essayé de la sauver. J'ai massé encore ses jambes et ses bras, j'ai soufflé sur ses lèvres. Elle est déjà loin, partie sur le pont de l'arc-en-ciel, comme O'Jay. Son corps reste dans le lit d'hôpital, attaché par la poitrine à la machine pneumatique, ses poignets liés aux tubes qui envoient leurs nuages d'oubli laiteux dans ses veines. Je pensais que sa mort ne me ferait rien, bien au contraire qu'elle me soulagerait, puisqu'elle me libérait de son emprise, de sa méchanceté. Puis soudain ma rancœur s'est arrêtée, elle s'est retournée comme les pieuvres que mon père renverse quand elles viennent d'être pêchées, chez nous au Jeolla-do. Salomé aura été la seule personne qui s'est vraiment intéressée à moi dans cette ville de Séoul où personne ne rencontre personne. Elle a voulu que je vive pour elle, pour lui raconter la vie au-dehors, elle s'est servie de moi mais elle m'a protégée. Alors mes yeux se sont remplis de larmes quand j'ai dû la quitter.

Naomi est restée toute la nuit près d'O'Jay. Au matin, avant même que sa mère se réveille, elle est descendue dans le jardin de l'immeuble, elle a creusé avec ses mains une tombe dans la terre au pied du magnolia, et elle y a déposé le corps d'O'Jay, allongé sur le côté, sa tête en arrière comme lorsqu'il attendait de manger. Elle n'a pas planté de fleurs. Elle n'a pas dit de prières. Elle ne sait pas à qui adresser une prière. Le monde est endormi, même les deux Dragons dans le ciel de Séoul dorment encore, enlacés l'un à l'autre. Elle a versé des larmes sur la terre. Elle ne sera plus jamais la même, car elle sait à quel point c'est difficile de mourir, quand tout le corps et tout l'esprit veulent vivre, et qu'il faut crier, trembler et se raidir, avant que l'esprit s'envole vers le pont aux couleurs merveilleuses. Maintenant, elle ne l'a pas oublié. Chaque jour, avant d'aller à l'école, ou au retour, elle s'arrête devant le magnolia, et elle parle avec O'Jay, elle lui raconte sa journée, ce qu'elle a vu de drôle, ou de triste, elle lui parle du temps qu'il fait, du soleil et du vent, des fleurs qui vont commencer à s'ouvrir, et même des petits vers qui vont s'agiter dans les creux des arbres, comme pour dire : mange-nous, mange-nous. Et parfois, elle entend un bruit d'ailes dans le ciel, elle entend des cris aigus, et elle sent qu'O'Jay n'est pas loin, qu'il reviendra bientôt.

Je suis Bitna, j'ai dix-neuf ans, je suis seule dans cette grande ville de Séoul, sous le ciel. J'ai connu beaucoup de gens, beaucoup d'aventures, quelques-unes m'ont été contées, d'autres sont nées de mes rêves, ou de ma vie. Je ne suis pas allée aux obsèques de Salomé, Kim Se-Ri de son nom de naissance. Je ne suis pas sûre que M. Frederick Pak y soit allé. La famille de Salomé ne l'aime pas, ils disent (c'est lui-même qui me l'a rapporté, un jour où il avait envie de se raconter) qu'il est un *chebi*, un oiseau vêtu de blanc et de noir qui profite des autres et vole tout ce qu'il y a à voler. Un *gigolo.* Je pense qu'ils n'ont pas tout à fait tort, c'est un homme comme beaucoup d'hommes, il prend ce qu'il désire, puis il s'en va sans regarder en arrière.

Je marche sous le ciel de Séoul, les nuages roulent lentement, il pleut sur Gangnam, du côté d'Incheon le soleil allume une gloire, et la montagne Bukhansan émerge de la pluie au nord comme un géant. Je suis seule, je suis libre, ma vie va commencer.

Séoul-Paris-Séoul
avril-septembre 2017

Du même auteur :

Aux éditions Gallimard

LE PROCÈS-VERBAL, *Folio n° 353 ; illustré par Baudoin, Futuropolis/Gallimard*
LA FIÈVRE, *L'Imaginaire n° 253*
LE DÉLUGE, *L'Imaginaire n° 309*
L'EXTASE MATÉRIELLE, *Folio essais n° 212*
TERRA AMATA, *L'Imaginaire n° 391*
LE LIVRE DES FUITES, *L'Imaginaire n° 225*
LA GUERRE, *L'Imaginaire n° 271*
LES GÉANTS, *L'Imaginaire n° 362*
VOYAGES DE L'AUTRE CÔTÉ, *L'Imaginaire n° 326*
LES PROPHÉTIES DU CHILAM BALAM
MONDO ET AUTRES HISTOIRES, *Folio n° 1365, Folio Plus n° 18, Folioplus classiques n° 67 ;* Peuple du ciel *suivi de* Les Bergers *Folio 2 € n° 3792*
L'INCONNU SUR LA TERRE, *L'Imaginaire n° 394*
DÉSERT, *Folio n° 1670*
TROIS VILLES SAINTES
LA RONDE ET AUTRES FAITS DIVERS, *Folio n° 2148 et Écoutez lire*
RELATION DE MICHOACÁN

LE CHERCHEUR D'OR, *Folio nº 2000*
VOYAGE À RODRIGUES, *journal, Folio nº 2949*
LE RÊVE MEXICAIN OU LA PENSÉE INTERROMPUE, *Folio essais nº 178*
PRINTEMPS ET AUTRES SAISONS, *Folio nº 2264*
ONITSHA, *Folio nº 2472*
ÉTOILE ERRANTE, *Folio nº 2592*
PAWANA, *La Bibliothèque Gallimard nº 112*
LA QUARANTAINE, *Folio nº 2974*
POISSON D'OR, *Folio nº 3192*
LA FÊTE CHANTÉE
HASARD *suivi de* ANGOLI MALA, *Folio nº 3460*
CŒUR BRÛLÉ ET AUTRES ROMANCES, *Folio nº 3667*
RÉVOLUTIONS, *Folio nº 4095*
L'AFRICAIN, *Folio nº 4250*
OURIANA, *Folio nº 4567*
BALLACINER
RITOURNELLE DE LA FAIM, *Folio nº 5053*
HISTOIRE DU PIED ET AUTRES FANTAISIES
TEMPÊTE, DEUX NOVELLAS
ALMA

Aux éditions Skira

HAÏ

Aux éditions Arléa

AILLEURS, *entretiens avec Jean-Louis Ezine sur France Culture*

Aux éditions du Seuil

RAGA, APPROCHE DU CONTINENT INVISIBLE

Aux éditions Stock

GENS DES NUAGES, *en collaboration avec Jemia Le Clézio, phographies de Bruno Barbey, Folio n° 3284*

DIEGO ET FRIDA, *Folio n° 2746*

PAPIER À BASE DE FIBRES CERTIFIÉES

Le Livre de Poche s'engage pour l'environnement en réduisant l'empreinte carbone de ses livres. Celle de cet exemplaire est de :
150 g éq. CO_2
Rendez-vous sur www.livredepoche-durable.fr

Composition réalisée par NORD COMPO

Achevé d'imprimer en France par
CPI BRODARD & TAUPIN (72200 La Flèche)
en juin 2019
N° d'impression : 3034119
Dépôt légal 1re publication : septembre 2019
LIBRAIRIE GÉNÉRALE FRANÇAISE
21, rue du Montparnasse – 75298 Paris Cedex 06

57/4960/2